Diogenes Taschenbuch 24524

detebe

BENEDICT WELLS, geboren 1984 in München, zog nach dem Abitur nach Berlin und entschied sich gegen ein Studium, um zu schreiben. Seinen Lebensunterhalt bestritt er mit diversen Nebenjobs. Sein vierter Roman, *Vom Ende der Einsamkeit,* stand mehr als anderthalb Jahre auf der Bestsellerliste, er wurde u. a. mit dem European Union Prize for Literature (EUPL) 2016 ausgezeichnet und ist bislang in 40 Sprachen erschienen. Sein letzter Roman, *Hard Land,* wurde 2022 mit dem Deutschen Jugendliteraturpreis in der Kategorie Preis der Jugendjury ausgezeichnet. Nach Jahren in Barcelona lebt Benedict Wells in Zürich.

Benedict Wells

Die Wahrheit über das Lügen

Zehn Geschichten aus zehn Jahren

Diogenes

Die Erstausgabe erschien 2018 im Diogenes Verlag
Covermotiv: Artwork by David Hockney
›Kweilin Airport. China.‹ from »China Trip« 1981 (detail)
Watercolor on paper 14" x 17"

Die Geschichte *Das Grundschulheim* wurde zuerst
in der Anthologie ›Unbehauste. 23 Autoren über Fremdsein‹,
hrsg. von Alexander Broicher, Nicolaische Verlagsbuchhandlung
GmbH, Berlin, 2016, veröffentlicht.

Veröffentlicht als Diogenes Taschenbuch, 2020

info@diogenes.ch · www.diogenes.ch
In Fragen zur Produktsicherheit (GPSR):
truepages UG (haftungsbeschränkt)
Westermühlstraße 29, 80469 München
info@truepages.de
100/25/44/7
ISBN 978 3 257 24524 0

Für Susan

»Der Mensch ist ein Genie,
wenn er träumt.«

Akira Kurosawa

Inhalt

Die Wanderung
(2018)

Es war einer dieser späten Sommertage – der Himmel blau und in zarten, milchigen Dunst gehüllt –, die einen übermütig werden lassen und das Gefühl von Zeitlosigkeit geben, als wäre der nahende Herbst noch weit entfernt.

Henry M. befand sich im Garten des Ferienhäuschens, das er gekauft hatte, um dem Stress der Stadt zu entfliehen. Was natürlich mehr eine Wunschvorstellung war, denn auch jetzt saß er aufrecht auf der Liege und telefonierte mit einem Mitarbeiter. Seine Stimme dröhnte über das Grundstück, das kurzärmlige Hemd war aufgeknöpft, in der Hand hielt er einen Drink.

Als er auflegte, nahm er einen Schluck und blickte zufrieden auf den Berg, an dessen Fuß das Ferienhaus lag. Der Zurbriggen-Deal stand kurz vor dem Abschluss, dann hätte seine Firma eine der bemerkenswertesten Fusionen der letzten Jahre eingefädelt.

Henry lehnte sich zurück. Er las in einer Kurzgeschichte von John Cheever weiter, doch er war bald abgelenkt von dem fröhlichen Lärm hinter dem Haus. Schließlich legte er das Buch weg und ging nachsehen: Mia, seine Tochter, sprang artistisch in den Pool, seine Frau musste ihr dafür Noten geben.

»Jetzt kommt ein Salto mit Schraube.« Seine Tochter nahm Anlauf, sprang kraftvoll ab, schaffte nicht mal einen halben Salto und klatschte nach einer Drehung mit dem Rücken ins Wasser. Aufgeregt drehte sie sich zu ihrer Mutter um. »Und?«

»Eine Neun!«, sagte seine Frau.

Mia zog eine Schnute. »Mama, du bist viel zu nett. Das war höchstens eine Fünf. Du *musst* strenger sein.«

Henry lächelte. Er nahm einen Schluck und betrachtete seine Frau, die, eingetaucht in mildes Vormittagslicht, am Beckenrand stand. Sie arbeitete als Erzieherin und war zuletzt oft gestresst gewesen. Die Höhensonne tat ihr gut, sie wirkte erholt, fast blühend. Sie war ein Jahr älter als er, und er dachte amüsiert daran, wie schüchtern sie bei den ersten Treffen gewesen war.

Er legte den Arm um ihre Hüfte, zusammen sahen sie den nächsten Sprung ihrer Tochter an. Auch er musste nun eine Note verkünden; er gab seiner Tochter eine Sieben, seine Frau wieder eine Neun.

»Wir wollen gleich grillen.« Sie hielt seine Hand. »Bist du dabei?«

Henry gefiel die Vorstellung, den Tag mit seiner Familie zu verbringen, doch im selben Moment blickte er wieder hoch zum Berg. Trotz seiner Wanderleidenschaft war er noch nicht dort oben gewesen, dabei konnte der Aufstieg kaum länger dauern als … was, zwei, drei Stunden? Ein Sonnenstrahl ließ sein Glas aufleuchten, der bevorstehende Deal machte ihn tatendurstig. Keine schlechte Vorstellung, zur Belohnung dort oben in einer Wirtschaft ein kühles Bier zu trinken.

»Ich dachte, ich mache noch eine kleine Wanderung.«

»Ist gut.« Seine Frau nickte, als habe sie nichts anderes erwartet.

Diese Ruhelosigkeit, dieser Drang nach einer Freiheit, die er oft nur in der Arbeit oder im Alleinsein fand, war immer seine Schwäche gewesen. Er hatte geglaubt, die Ehe würde ihn sesshafter machen, und später, dass die Kinder ihn verändern würden. Doch auch jetzt gefiel er sich als Flaneur, der leichtfüßig zwischen Familie, Arbeit und Freundschaften hin und her streifte, manchmal verweilte, aber nie ganz zu halten war. Sein Glück war seine Frau, die – selbst die Unabhängigkeit schätzend – ihn immer verstanden und oft am Ende des

Tages auf ihn gewartet hatte, wenn er aus dem Büro oder von einer Reise zurückkehrte.

Sie gab ihm einen Kuss. »Aber nimm eine Jacke mit, es soll nachher vielleicht regnen. Und vergiss nicht, spätestens um acht wollten wir feiern.«

»Da bin ich längst zurück.« Er strich mit dem Daumen über die immer noch makellose Haut ihrer Hand. Dann löste er sich von ihr und ging ins Haus.

Sein Sohn war wie meistens oben im Zimmer. David war kränklich und litt seit zwei Jahren an ungeklärten Migräneanfällen, die ihn tagelang außer Gefecht setzten und aus ihm einen Einzelgänger gemacht hatten. Henry wusste, dass der Junge ihn brauchte, und er hatte das Ferienhaus auch deshalb gekauft, damit sie hier mehr Zeit zusammen verbringen konnten.

Das Zimmer des Sohnes war abgedunkelt, fast eine Höhle. David lag auf dem Bett und starrte an die Decke. Wenn er Kopfschmerzen hatte, konnte er nicht mal lesen oder fernsehen; ausgerechnet heute war sein achter Geburtstag.

Henry setzte sich auf die Bettkante und versuchte, ein Gespräch anzufangen, aber sein Sohn antwortete nur einsilbig, und er selbst kam sich unbeholfen vor.

»Ich hoffe, du freust dich auf die Feier am Abend?«, fragte er schließlich. »Könnte nämlich sein, dass es eine Überraschung gibt.«

»Was für eine Überraschung?« David richtete sich auf. »Ein Fahrrad?«

»Abwarten.« Henry lächelte. »Es dürfte dir jedenfalls gefallen.«

Das Geschenk war teuer gewesen, aber David hatte einen schweren Sommer, und Henry hatte das Gefühl gehabt, sein Sohn verdiene etwas Großes.

Der Gedanke an das Geschenk schien den Jungen tatsächlich aufzumuntern. Seine Augen leuchteten auf, er wollte gerade etwas erzählen, als das Handy läutete. Henry zögerte, dann streichelte er seinem Sohn durchs Haar und ging zum Telefonieren auf den Flur; auf der Geburtstagsfeier am Abend würde er es wiedergutmachen.

Er diskutierte mit dem Mitarbeiter noch mal letzte Details des Zurbriggen-Deals. Ein kurzes, konzentriertes Gespräch, danach fühlte er sich übermütig und jung wie lange nicht. Es war erst Mittag, draußen dreißig Grad. Er machte sich noch einen Drink und zog feste Wanderschuhe an.

Im Garten betrachtete er das winzige Apfelbäumchen, das er nach dem Hauskauf gepflanzt hatte, als er hinter sich Schritte hörte. Mia hatte sich umgezogen und wollte mitkommen, doch ohne groß nachzudenken, sagte er: »Ein anderes Mal. Ich muss noch ein paar Anrufe erledigen.«

Seine Tochter sah ihn enttäuscht an. »Darf ich dann wenigstens noch bis zum Ende der Straße mitkommen?«

Er lachte. »Natürlich!«

Sie gingen die fünfhundert Meter gemeinsam. Das Nachbargrundstück war von Liguster eingefasst, der sommerliche Duft frischer Rosen hing satt und schwer in der Luft. Mia redete munter drauflos, erzählte ihm von ihren Freundinnen, löcherte ihn mit Fragen und wollte wissen, was er David zum Geburtstag schenke, aber auch hier sagte er nur: »Eine Überraschung.«

Plötzlich Gebell. Henry zuckte zusammen und sah sich um. Hunde machten ihm seit seiner Kindheit Angst, aber nirgends war einer zu sehen. Mia schien seine Aufregung nicht zu bemerken, sie sprach noch immer von der Geburtstagsfeier und dass sie ihrem Bruder ein Bild gemalt habe.

Als sie das Ende der Straße erreichten, war er fast betrübt, dass sie sich hier schon trennten. Aber er musste noch etwas tun, und die Fröhlichkeit seiner Tochter konnte auf einer längeren Wanderung vielleicht auch anstrengend werden.

Mia hatte ihm ohnehin längst verziehen. Sie

rannte den Weg bis zum Haus zurück, nach hundert Metern drehte sie sich noch mal um und winkte ihm.

Er war überrascht, wie leicht ihm der Aufstieg fiel. Vor Jahren hatte er sich beim Skifahren den Meniskus gerissen, seitdem trat in seinem Knie hin und wieder ein Stechen auf; meist beim Bergab-Gehen, aber nicht nur. Doch bislang hatte er keine Beschwerden. Viele Wanderer waren mit ihm unterwegs, Henry grüßte freundlich, genoss aber vor allem die Momente, in denen er für sich war. Seine Schritte federten auf dem knisternden Waldboden, und wie früher als Junge versuchte er, das emsige Klacken, Hämmern und Krächzen in den Bäumen den einzelnen Vogelarten zuzuordnen. Er war noch ein wenig beschwipst von den Drinks, aber in der Hitze schwitzte er den Alkohol schnell heraus.

Als nach einer Stunde der Wald aufhörte, folgte ein langer Serpentinenanstieg. Der Weg war steiler als gedacht, aber er trieb viel Sport und war stolz, dass er kaum ins Schnaufen geriet. Unterwegs führte er mehrere Anrufe. Mit dem Deal lief alles glatt, allerdings war sein Akku fast leer. Die Sonne brannte ihm auf den Nacken; gut, dass er die Jacke doch nicht mitgenommen hatte.

Beschwingt kam er gerade an einer Wiese vorbei,

als ihm auf einmal ein starker Verwesungsgeruch in die Nase stieg.

Henry sah sich um, konnte die Quelle des Gestanks aber einfach nicht ausmachen, und nach einigen Sekunden war die Luft wieder so rein wie zuvor.

Am frühen Nachmittag rastete er in der großen Almwirtschaft unter dem Gipfel; er hatte Glück und bekam den letzten freien Platz auf der Terrasse. Am Nebentisch saß eine teils südländisch wirkende Hochzeitsgesellschaft, immer wieder brach jemand in Gelächter aus. Er fragte sich, wer hier oben heiratete, und trank ein Bier, als der ersehnte Anruf aus dem Büro kam. Der Kollege plärrte ihm die gute Nachricht beinahe ins Ohr: Der Vertrag für die Fusion war unterzeichnet worden.

Henry ballte die Faust. Über ein Jahr hatten sie daran gearbeitet, es war der Höhepunkt seines beruflichen Schaffens. Er überlegte, seine Frau anzurufen, entschied sich aber dafür, es ihr erst am Abend zu sagen. Die meisten seiner Triumphe hatte er zunächst allein ausgekostet.

Die Sonne brach durch die dichter werdenden Wolken und funkelte hinter der Bergkuppe. Henry blinzelte hinauf und dachte an das Geburtstagsgeschenk für seinen Sohn. An die Sprünge seiner Tochter am Pool. An die liebevolle Art seiner Frau und den Zurbriggen-Deal, der sein Ansehen und Vermögen beträchtlich mehren würde. Ein großes Glücksgefühl überkam ihn. Dies waren die goldenen Jahre, als Vater, als Mann und im Beruf, und er genoss seine Freiheit als Wanderer zwischen diesen Welten, die er für seine größte Leistung hielt.

Er winkte der jungen, hübschen Kellnerin. Sie lächelte ihm zu, Henry lächelte für einen kurzen Moment schwärmerisch zurück. Früher hatte er einige Affären gehabt, meistens, um die Monotonie seiner beruflichen Reisen etwas aufzulockern, aber in den letzten Jahren hatte er sich nur noch wenige solcher Eskapaden geleistet.

Beim Zahlen sah er auf sein Handy: Wenn er jetzt zurückging, würde er es rechtzeitig zur Geburtstagsfeier seines Sohns schaffen. Aber dann wäre er nicht auf dem Gipfel gewesen, und er hasste es, einmal gefasste Entschlüsse zu verwerfen. Er würde sich einfach beeilen, dann schaffte er mit etwas Glück beides.

Henry ging zügig, aber die letzte Etappe war länger als gedacht. Unterwegs traf er niemanden, und als er die Bergspitze erklomm, war er allein. Die Wolken hatten sich inzwischen vor die Sonne geschoben, und der Ausblick war nur unwesentlich besser als von der Wirtschaft. Etwas ernüchtert kehrte er um.

Beim Abstieg spürte er das befürchtete Stechen im Knie, doch er durfte jetzt nicht langsamer werden; mit einer deutlichen Verspätung erreichte er die Almwirtschaft. Die Terrasse hatte sich vollständig geleert, auch die Kellnerin war nicht mehr zu sehen. War er in seinem kindlichen Glauben, die Zeit würde in schönen Momenten stehenbleiben, so lange weg gewesen? Oder waren bloß alle vor dem nahenden Unwetter geflüchtet? Er wollte gerade selbst den Weg ins Tal einschlagen, als jemand nach ihm rief.

Vor dem Eingang stand etwas verloren ein früherer Kommilitone, dessen Nachname ihm entfallen war. Henry ging widerwillig zu ihm, sie tauschten ein paar höfliche Belanglosigkeiten aus. Der Bekannte, dick geworden und in einem verschwitzten Polo-Shirt, beglückwünschte ihn zu seinen beruflichen Erfolgen. Dann machte er ein betroffenes Gesicht. »Tut mir sehr leid, das mit deinem Sohn.«

Henry fühlte sich ertappt. Woher wusste der andere von Davids Migräneanfällen? Vorsichtig erkundigte er sich, wie der Kommilitone darauf käme.

»Hat mir vor einigen Wochen eine alte Freundin erzählt, Stella, sie arbeitet ja bei dir in der Firma. Wirklich tragisch … so früh.«

Henry verschlug es kurz die Sprache. In seiner Firma arbeitete keine Stella, die Bemerkung machte auch sonst keinen Sinn. Irritiert verabschiedete er sich, dann ging er in Richtung Tal. Kaum war er allein, lachte er. Er musste seiner Frau von dieser seltsamen Begegnung erzählen. Mehrmals rief er zu Hause an, aber es war immer besetzt. Enttäuscht steckte er das Handy weg.

Ein kühler Luftzug wehte über den Hang, Henry rieb sich die Arme. Jetzt, wo die Sonne verschwunden war, wurde es auf dieser Höhe ein wenig kalt, wie er zugeben musste; die Jacke hätte er vielleicht doch lieber mitnehmen sollen. Das Stechen in seinem Knie ließ nicht nach, und er spürte, wie der Schmerz und das Gespräch mit dem Kommilitonen allmählich seine Stimmung verdarben.

Ein Blick auf die Uhrzeit bestätigte seine Befürchtung: Er würde es nicht pünktlich bis zur Feier um acht schaffen. Henry beschloss, den Serpentinenweg zu verlassen und eine Abkürzung über die Wiese zu nehmen. Er hatte jetzt schon lange keinen anderen Wanderer mehr gesehen, was ihn wunderte, und auf dieser neuen Route schien er definitiv der Einzige zu sein. Dann entdeckte er *ihn*.

Direkt vor ihm, mitten auf der Wiese, stand ein großer Schäferhund, sein dunkles Fell wirkte schmutzig und verfilzt.

Henry ging einige Schritte zur Seite. Der Hund verharrte an seiner Stelle, beobachtete ihn jedoch aufmerksam. Henry ärgerte sich über seine Angst, lächerlich war das … Aber als Kind war er mal von einem Nachbarshund gebissen worden, und selbst die Welpen seiner Freunde bellten sofort, wenn sie ihn sahen. Er schien etwas an sich zu haben, was diese Tiere aufs äußerste reizte.

Inzwischen ging er fast nur noch seitlich statt geradeaus. Er wähnte sich bereits in Sicherheit, da hörte er ein aggressives Bellen. Henry drehte sich um und sah aus den Augenwinkeln, wie der Schäferhund losrannte. Panisch lief er davon, doch auf der weiten Wiese gab es keinen Baum, auf den er sich retten konnte. Er stolperte über eine Wurzel und schlug hart im Gras auf.

Henry spürte einen bohrenden Schmerz im Knöchel. Er glaubte den Schäferhund in seinem Nacken, sah bereits die hochgezogenen Lefzen vor sich. Hektisch drehte er sich um. Doch der Hund schien in eine andere Richtung davongelaufen zu sein, es war nichts mehr von ihm zu sehen. Alles, was er dort noch entdeckte, war ein großer, dunkler Holzpflock mitten auf der Wiese.

Henry musste bei seiner Flucht die Orientierung verloren haben. Anders konnte er es sich nicht erklären, dass der Wald noch immer so weit entfernt war, als die ersten Tropfen vom Himmel fielen und die drückende Hitze sich in einem heftigen Regenschauer entlud. Im ersten Moment lächelte er nur darüber. Was war er für ein Narr, diesen unbekannten Weg entlangzutrotten, klitschnass, Stunden zu spät und mit Schmerzen; und das alles am Tag des großen Zurbriggen-Deals.

Mit dem Regen kam die Kälte. Sie prallte zunächst an ihm ab, aber nach und nach drang sie in seine Knochen und in sein Gemüt, und wegen der stärker werdenden Schmerzen im Knöchel blieb er kurz stehen. Das konnte keine Verstauchung sein, vielleicht war etwas gebrochen. Mühsam ging er weiter, aber der Wald wollte nicht näher kommen, und er wagte es kaum noch, auf die Uhr auf seinem Handy zu sehen. Hätte er sich den Ausflug auf den Gipfel nur gespart!

Wieder versuchte er, seine Familie zu erreichen, diesmal kam die Ansage, die Nummer sei nicht vergeben, dann wurde das Display schwarz – der Akku war leer.

Der Wind pfiff über das Tal, in der Ferne spaltete ein mächtiger Blitz den schieferfarbenen Horizont. Es schien ein anderer Tag gewesen zu sein, als er am Pool gestanden und den Sprüngen seiner Tochter zugesehen hatte. Wieso hatte er sie nicht mitgenommen? Wieso zog es ihn in harmonischen Momenten so oft fort, von seiner Familie, von Abenden bei Freunden?

Mia und er hätten sich unterwegs unterhalten können, er hätte mehr über sie erfahren. Im Grunde wusste er kaum etwas von ihr. Seine Frau hatte ihm kürzlich erzählt, dass sie sich zum ersten Mal in einen Jungen verliebt habe, doch jetzt konnte er sich nicht mal mehr an den Namen erinnern; irgendetwas Spanisches. Luis? Jordi? Das Gedächtnis war nicht seine Stärke.

Bestimmt hätte seine Tochter beim Anblick des Hundes nur gelacht. Henry stellte sich vor, wie sie zu zweit durch den Regen gewandert wären, er vermisste ihr furchtloses, heiteres Wesen. Doch diese einsame Wanderung war seine Entscheidung gewesen, und es hatte ihn auch niemand dazu gezwungen, David in seinem dunklen Zimmer zurückzulassen oder die Jacke nicht mitzunehmen.

In der Abenddämmerung erreichte er den Wald. Die dichten Baumwipfel schützten ihn vor dem Regen, doch das kurzärmlige Hemd und seine Shorts fühlten sich längst steif und kalt an, und ohne Handy konnte er kaum noch einschätzen, wie spät es war. Vermutlich wartete seine Familie längst auf ihn, und David packte das Geschenk am Ende ohne ihn aus. Vielleicht stellte er es aber auch nur in die Ecke und ging enttäuscht auf sein Zimmer.

Er überlegte, wie sein Sohn vor den Migräneanfällen gewesen war. Lebhafter, ja, manchmal auch sehr direkt und gewitzt. Und hatte er damals nicht ein großes Interesse gehabt für … Was war es noch? Mineralien und Steine, genau. Aber auch Geschichten hatte er geliebt. Früher hatte er ihn oft ins Bett gebracht, da waren sie sich eigentlich sehr nahe gewesen. Ihm fiel ein, wie er seinem Sohn von einem Streich aus der Studienzeit erzählt hatte: Ein befreundeter Medizinstudent hatte aus der Pathologie einen Finger geklaut, den sie in der Mensa heimlich auf den Kartoffelbrei gesteckt hatten. David hatte vor Lachen kaum Luft bekommen.

Henry betrachtete die Regentropfen, die von den Ästen auf die Pfützen fielen, und auf einmal bereute er, dass er seinen Sohn später nie mehr ins Bett gebracht hatte. Bei Mia hatte er noch die Zeit gehabt oder sie sich einfach genommen, aber bei David war er zu oft abwesend gewesen. Ihm fiel ein, wie häufig seine Frau ihn gebeten hatte, mehr mit dem Jungen zu unternehmen. Die Urlaube, die er verpasst hatte, weil er beruflich wegmusste oder geglaubt hatte, wegzu*müssen;* die vielen Erlebnisse seiner Kinder, die er bloß vom Hörensagen kannte und kaum wahrnahm. Und hatte er die Zuneigung seiner Frau wirklich zu schätzen gewusst? Er hatte diese Jahre für sich gebraucht, und er hatte seine Firma aufbauen wollen. Das war ja keine simple Arbeit, die er da verrichtete, das war rauschhafter Erfolg; das war *Leidenschaft*. Aber jetzt, allein in dem matschigen Wald, musste er sich eingestehen, dass er ein schlechter Vater gewesen war, vielleicht auch ein schlechter Mann.

Henry biss sich auf die Lippe, und auf einmal spürte er Trotz. Ja, er hatte vielleicht Fehler gemacht, doch in den letzten Ferienwochen würden sie das alles nachholen. Das große Überraschungsgeschenk für David würde die Wende einleiten, dieses …

Ihm fiel plötzlich nicht mehr ein, was es war.

Ein Fahrrad? Nein, das ja gerade nicht, damit hatte sein Sohn gerechnet. Es war etwas anderes, noch Größeres. Aber so sehr er auch nachdachte, er kam einfach nicht mehr darauf. Die eisige Nässe lähmte seinen Verstand, und sie schien auch seine Sinne zu schwächen; beim Blinzeln hatte er für einen Moment geglaubt, eine Schneeflocke zu sehen.

Ein jäher, nie gekannter Schmerz fuhr in seinen Knöchel. Henry schnaufte vor Wut. Er zog Schuh und Socke aus und fuhr mit dem Finger über die Schwellung; die dicke Ader am Knöchel pulsierte. Plötzlich schrie er, überraschend laut. Er horchte in den Wald, doch als Antwort kam nur das endlose Plätschern des Regens. Vor sich wieder das Bild, wie ihm sein Sohn beim Abschied noch etwas hatte sagen wollen und wie er zum Telefonieren auf den Flur gegangen war.

Henry blickte auf den fahlen Weg vor ihm, den er kaum noch sah. Ihm kamen die Tränen. Er schämte sich, war aber zu zermürbt, um sich dagegen zu wehren. Mit der kalten Hand wischte er sich über das Gesicht, dann hinkte er weiter. Bei jedem seiner Schritte stellte er sich einen Brunnen vor, in den er all seine Schmerzen versenkte; ein Trick aus seiner Wehrdienstzeit.

Inzwischen musste es Mitternacht sein. Obwohl er sich für sportlich gehalten hatte, hatte er vor Müdigkeit und Hunger kaum noch Kraft in den Beinen. Er hörte sich keuchen; so mussten sich Greise fühlen! Doch der Gedanke an seine Kinder trieb ihn voran. Vielleicht hatte er erst eine Wanderung wie diese gebraucht, um seine Lektion zu lernen, aber er würde seine Fehler korrigieren und alles ändern, wenn er nur endlich wieder zu Hause war.

Als er schließlich die nächtliche Lichtung erreichte, hatte er kaum noch damit gerechnet. In seinem Kopf das verschwommene Bild eines Sommernachmittags, als seine Tochter davongerannt war und sich in der Ferne noch einmal umgedreht und ihm gewinkt hatte.

Henry humpelte langsam die Straße hinunter zum Ferienhaus. Als Junge war er in solchen Momenten beseelt losgelaufen, auch jetzt spürte er, wie sein Herz bei jedem Schritt schneller klopfte. Am Nachbargrundstück hielt er kurz inne: Hatte es dieses geschmacklose, gläserne Gartenhaus dort immer schon gegeben? Er schüttelte über den Architekten den Kopf.

Endlich kam er zum Gartenzaun seines eigenen Anwesens. Er vermutete, dass die anderen bereits schliefen und die Fenster dunkel sein würden. Doch zu seiner Überraschung brannte im Wohnzimmer noch Licht, und auf den Stufen vor der Haustür entdeckte er seine Frau.

Wie so oft hatte sie am Ende des Tages auf ihn gewartet.

Henry betrachtete sie eine Weile gerührt, in der Dunkelheit konnte er sie allerdings nicht gut erkennen. In diesem Moment sah sie ihn.

»Wo warst du denn?«

Er hatte gehofft, sie würde zu ihm kommen, aber sie blieb auf den Stufen sitzen.

Den ganzen Rückweg über hatte er sich noch einen letzten Funken Fröhlichkeit bewahrt, ein kleines trotziges Lächeln, das jetzt zum Einsatz kam. »Halb so wild. Hab mich nur ein bisschen verlaufen.«

Sie erhob sich jetzt langsam, beide gingen aufeinander zu. Auf einmal fühlte er, wie schwach und erschöpft er wirklich war und wie sehr er ihre Wärme vermisst hatte, doch sie wand sich aus seiner Umarmung. »Du siehst ja fürchterlich aus.«

Er hatte erst den Drang, ihr von seinem Ausflug zu erzählen, dann deutete er nur mit dem Kinn zu den dunklen Fenstern im ersten Stock. »Wie war die Feier?«

Seine Frau musterte ihn erstaunt. »Was meinst du?«

»Hat David unser Geschenk schon aufgemacht?«

Diese Frage schien sie noch mehr zu beunruhigen als die vorherige. Sie trat einen Schritt zurück. »Machst du einen Witz?«

»Nicht dass ich wüsste.« Er versuchte es noch mal: »Schlafen die beiden oder kann ich noch kurz zu ihnen?«

Seine Frau betrachtete ihn wie einen Fremden, ihr Mund bekam einen harten Zug. »Ich weiß nicht, was mit dir passiert ist oder wieso du das fragst«, sagte sie schließlich, »aber Mia lebt mit ihrem Mann in Spanien, und David ist schon vor langer Zeit … Bist du sicher, dass alles okay mit dir ist?«

Henry war verblüfft über den Streich, der ihm

hier gespielt wurde. Er überlegte, was er darauf antworten solle, da fiel ihm der kräftige, hochgewachsene Apfelbaum auf, der im Garten stand. Und als er den Blick senkte und die Hand seiner Frau sah, die er nun krampfhaft und zitternd festhielt, war sie ebenso alt und faltig wie seine eigene.

Er stammelte etwas, einen Laut der Verwunderung, dann fühlte er wieder seine klamme, nasse Kleidung und verstummte. Er hatte nichts mehr zu sagen.

»Schatz, was ist denn nur mit dir passiert?« Seine Frau seufzte. »Komm, ich lass dir erst mal ein Bad ein, dann musst du mir alles erzählen.«

Sie strich ihm über die Wange und ging wieder hinein.

Henry stand noch immer an derselben Stelle, zwischen dem Gartenzaun und dem Eingang, und rührte sich nicht. Es waren von hier nur acht Schritte ins Haus, höchstens neun, aber er spürte, dass er es nicht mehr schaffen würde.

Das Grundschulheim
Persönliche Erinnerungen
(2015)

Keiner von uns war freiwillig hier. Keiner von uns verstand, dass er nicht freiwillig hier war. Wir waren sechs Jahre alt, als wir ins Heim kamen, zu jung, um solche Fragen zu stellen.

Wir hätten auf den ersten Blick nicht unterschiedlicher sein können. Manche waren hier gelandet, weil es zu Hause finanzielle und gesundheitliche Probleme gab und die alleinerziehenden Mütter oder Väter überfordert waren. Einer kam aus der »ehemaligen DDR«, was immer das bedeutete, ein anderer war dunkelhäutig und mit seiner Familie vor irgendeinem Krieg geflohen. Da wir als Kinder nichts davon begriffen, weder den Krieg noch die »ehemalige DDR« noch die Probleme zu Hause, spielte das alles keine Rolle für uns. Wir schliefen zu sechst in einem Zimmer, für Fremdheit gab es ohnehin keinen Platz.

Mein Bett war in der Ecke, gleich neben dem Gemeinschaftsschrank. Poster aus *Stafette* und *Bravo Sport* an der Wand, Zeichenblock und Comics auf dem Nachttisch. Jeden Morgen um halb sieben wurden wir geweckt. Gemeinsames Zähneputzen im Duschraum. Erstes Gelächter und laute Stimmen, durchdrungen von Vorfreude auf den Schultag. Es war ein staatliches Internat, liebevoll, aber ärmlich, beim Frühstück gab es nur jeden zweiten Tag Salami und Käse, an den anderen Tagen Butter und Marmelade. Wie früher bei den *Lustigen Taschenbüchern,* bei denen auf zwei farbige Seiten immer zwei schwarzweiße folgten. Es machte uns nichts aus. Ein Kind sieht nicht den bröckelnden Putz an den Wänden, sondern den Automaten daneben, an dem man für siebzig Pfennig Kakaotüten ziehen kann.

Wir sechs Jungen aus unserem Jahrgang wurden schnell eine verschworene Gemeinschaft. Jeder hatte seine Rolle. Der eine unterhielt nachts mit Geschichten oder hatte sich in Schlägereien bewährt. Der andere bekam Pakete von zu Hause mit Süßigkeiten, die er großzügig verteilte, und konnte bei Hausaufgaben helfen. Der dritte dachte sich Spiele und Streiche aus und war ein guter Tröster, vielleicht, weil er sich auch daheim um vieles kümmern musste. Es interessierte keinen, woher man kam oder wer man war, nur was man tat und was man konnte. Nach dem Mittagessen spielten wir im Wald Szenen aus Filmen und Büchern nach oder schossen auf dem Sportplatz Tore für unsere Lieblingsmannschaften, ehe wir zur »Lernzeit« ins Heim zurückmussten. Nach den streng überwachten Hausaufgaben gab es Abendessen, gegen acht ging es dann ins Bett.

Wenn die Nacht sich über das Internatsgelände senkte, wurde uns die Landschaft manchmal unheimlich. Dann blickten wir vom Fenster auf den Wald, der in der Dunkelheit verborgen lag, und fühlten uns beklommen und einsam. Das Heimweh verschwand wieder, wenn ein aufmunternder Brief der Mutter eintraf, dass es ihr etwas besser gehe, oder ein liebevolles Päckchen des Vaters, mit einem neuen Schlafanzug, Spielsachen und einer Karte, die man mehrmals las.

Mit sieben bekamen wir eine neue Erzieherin, die wir sehr mochten. Nach einer Weile fragte sie schüchtern, ob jemand vor dem Schlafengehen ein »Gutenachtbussi« wolle. Alle rissen die Arme hoch. Die Erzieherin ging reihum durchs Zimmer, von einem Bett zum nächsten. Verstohlen wartete jeder von uns darauf, dass sie endlich kam, und wenn sie einen dann auf die Stirn küsste, schaute man mit einem verlegenen Grinsen weg. Es wurde fortan unser festes Ritual, unser »Gute Nacht, ihr Prinzen von Maine, ihr Könige von Neuengland«.

Wenn die Erzieherin das Licht gelöscht hatte, wandelte sich das Internat, und auch wir verwandelten uns. Manche Jungen, die den ganzen Tag laut und selbstsicher aufgetreten waren, wirkten plötzlich verletzlich. Andere, stillere, hörte man erst jetzt reden und nahm sie ganz anders wahr. Die Nacht gehörte uns. Es war die Zeit, in der wir Kassetten zum Einschlafen hörten und miteinander redeten. In der wir uns Geschichten ausdachten und Witze erzählten und manchmal so laut dabei lachten, dass es uns fast zerriss. In der die anderen schließlich einschliefen und ich meistens noch wach lag, ein Buch nahm und mich damit auf der Toilette einschloss, bis ich endlich müde genug war. In der manchmal einer von uns weinte, ein anderer ihn tröstete, und die restlichen Kinder so taten, als schliefen sie.

Hin und wieder bekamen wir neue Mitschüler, die ein besonders schweres Schicksal zu tragen hatten, über das jedoch fast immer geschwiegen wurde. Heute kann ich wie ein mittelmäßiger Detektiv die Hinweise deuten; die blauen Flecken des einen, die nie schreibenden Eltern des anderen, die unfassbare Armut des dritten. Damals konnte ich es nicht. Wenn wir von zu Hause erzählten, waren es immer phantastische Lügen. Jeder von uns hatte einen Vater, der Millionär war, wohnte in einer Villa mit

Pool, reiste in den Ferien durch die Welt; war also offenbar nur rein zufällig hier. Den einen Jungen von uns, der mit dem Mitarbeiter des Jugendamts zweimal im Jahr Spielsachen kaufen durfte, weil er schlicht gar nichts hatte, beneideten wir um diese zwei Tage, statt darüber nachzudenken, was das bedeutete und dass wir offenbar besser dran waren.

Wir liebten den Herbst und den Winter, wenn wir am Sankt-Martins-Tag mit selbstgebastelten Laternen einen Umzug machten und danach ein Eis bekamen. Wenn wir mit den schartigen Schlitten Wettrennen fuhren, den Hügel hinab. Wenn wir am »stillen Mittwoch« heiße Milch mit Honig tranken und in Decken gehüllt der Erzieherin zuhörten, die uns aus Otfried Preußlers *Krabat* und Astrid Lindgrens *Mio, mein Mio* vorlas; und deren auf sich allein gestellten Helden wir uns unausgesprochen nah fühlten.

Wir liebten den Frühling und den Sommer, wenn wir am Lagerfeuer saßen und uns Gruselgeschichten ausdachten, die nie gruselig waren. Wenn wir im nahe gelegenen See badeten und unsere Erzieherin *What Shall We Do With The Drunken Sailor* auf der Gitarre spielte. Obwohl wir vom Text kein Wort verstanden, sangen wir immer laut mit.

Wir kamen in die dritte Klasse und begannen, uns für die Mädchen zu interessieren, die in einem anderen Gebäudetrakt wohnten. Auch sie hatten ihre Geschichten, die wir jedoch noch nicht kannten, was sie umso spannender machte. Es gab erste Küsse, die schnell großes Gesprächsthema waren, und Liebesbriefe, auf denen man »Ja«, »Nein« und »Vielleicht« ankreuzen konnte. Ich kreuzte fast immer »Vielleicht« an. Das Heim ging in eine Hauptschule über, daher waren die ältesten Schüler auf dem Gelände die Neuntklässler, die hier ihren »Quali« machten. Sie wirkten auf uns so erwachsen und reif, und wenn sie von ihren zukünftigen, meist handwerklichen Berufen sprachen, bewunderten wir sie sehr.

Wir waren oft grausam zueinander. Wir kannten die Schwächen des anderen, die geheimen verwundbaren Stellen, und manchmal überkam es uns, und wir schlugen zu. Das Grundschulheim war ein Ort ohne Eltern, es gab deshalb bestimmte Regeln, und es war wichtig, sich zu wehren. Nie in meinem Leben habe ich mich öfter geprügelt, mich besinnungsloser auf jemanden gestürzt und ihn zu Boden gerissen. Wir brachten einander zum Weinen, reizten uns bis zur äußersten Wut und vertrugen uns schon Stunden später wieder. Wir konnten so weit gehen, weil wir wussten, dass wir einander nie ganz verlieren würden. Wie Geschwister. Die Älteren kümmerten sich um die Jüngeren, und wir ließen nie jemanden zurück.

Wir waren anders als die Kinder, die bei ihren Eltern wohnten und mit denen wir tagsüber zur Schule gingen. Manchmal freundeten wir uns mit ihnen an, aber nie zu sehr. Weil wir sie nicht verstanden und sie uns nicht. Weil die anderen Kinder seit Jahren nach der Schule zu ihren Familien zurückgingen und wir auf unser Gemeinschaftszimmer.

Am schönsten waren die Wochenenden. Die, an denen man endlich nach Hause durfte und dort in guten Phasen umsorgt und verwöhnt wurde. Und an deren Ende man dann doch jedes Mal wieder ins Internat zurückmusste und auf der Fahrt bedrückt durch das Fenster sah, wie die Landschaft in der Dunkelheit verschwand. Und die, an denen man mit den anderen Kindern im Heim blieb, an denen es abends einen Disney-Film gab und zum Mittagessen oft Pommes mit Chicken McNuggets. Zwar nur Internats-Chicken-McNuggets, aber immerhin. Zu besonderen Anlässen machten wir Ausflüge zum Weihnachtsmarkt, auf ein Volksfest oder ins Kino, und dann waren auch die Mädchen dabei, was uns jedes Mal in Aufruhr versetzte. In Wahrheit war uns das Heim längst ein Zuhause geworden. Wir haben es im Stillen geliebt, und ich glaube, damals hatten wir alle das Gefühl, es würde ewig so weitergehen.

Als wir die vierte Klasse beendeten, trennten sich unsere Wege. Es kam ganz plötzlich, wir hatten vorher nie wirklich darüber nachgedacht. Manche kamen aufs Gymnasium, andere wieder in ein Internat, manche wechselten auf die Real- oder die Hauptschule; wir landeten alle an verschiedenen Orten, weit voneinander entfernt. Wir hatten uns vier Jahre lang beinahe jeden Tag gesehen, jede Nacht, wir kannten einander besser als jeden sonst und hatten uns geschworen, für immer Freunde zu bleiben. Doch wir sahen uns nie wieder.

Wir waren zu jung, um unsere Freundschaften halten zu können. Und doch denke ich noch oft an die anderen. Ich denke an ihre Geschichten und Eigenheiten, an ihre Gesichter und ihren Platz im Schlafsaal. An unsere nächtlichen Unterhaltungen, wenn das Heim nur uns zu gehören schien. Und wie wir in solchen Momenten das Gefühl gehabt hatten, glücklich zu sein.

Die Muse

(2010)

Margo schlief schlecht in jenem Winter. Die Nächte im unbeheizten Apartment waren kalt, oft wachte sie noch vor der Dämmerung auf, dann machte sie sich Kaffee und setzte sich an den Roman. Nur noch sechs Monate bis zur Abgabe, der Lektorin hatte sie gesagt, sie wäre fast durch.

Das war nur leider gelogen.

Ihr Traum: Das Manuskript abschließen und dann zur Erholung nach Schottland reisen; von der Küste der Highlands hatte sie schon als Kind geträumt. Die Realität: Tag und Nacht saß sie vor den weißen Seiten, aber ihr fehlte es an Inspiration, und es fühlte sich an, als säße sie in einem Wagen, dessen Motor auch beim hundertsten Versuch nicht ansprang. Ihr Roman hatte sich zu einer Liebesgeschichte entwickelt, ihre eigenen Beziehungen waren jedoch enttäuschend verlaufen. Liebe, das war in ihrer Vorstellung ein kahler Raum mit schlechter Beleuchtung, in dem ein paar Männer saßen, an die sie besser nicht mehr dachte.

Sie tippte: *Bist du noch die Gleiche?*

Der Cursor blinkte, aber sie wusste nicht, wie es weiterging. Dabei brauchte sie nach zwei erfolglosen Büchern den Durchbruch. Reden konnte sie mit niemandem; echte Freunde hatte sie kaum, schon als Jugendliche hatte sie ihre Zeit lieber in ihre Texte gesteckt. Doch sie kam der Küste Schottlands kein Stück näher, und von ihrem Verleger hatte sie seit Ewigkeiten nichts mehr gehört. So verging der Winter.

Im Februar dann das Ende. Sie war pleite und überhäuft von Mahnungen, ständig müde, und sie tippte keine Zeile mehr. *Nur ein unglücklicher Künstler ist ein guter Künstler,* hieß es, doch Margo wusste, dass das nicht stimmte: Nie würde ihr dieser eine Einfall kommen, der sie rettete. Vor anderen spielte sie gern die Starke, aber ein paarmal hatte sie aus Einsamkeit und Verzweiflung wie ein Kind geweint. Immerhin hatte das niemand gesehen.

Nun lag sie im Bett, wieder ein unruhiger Schlaf. Die Welt stand ihr im Traum offen, aber sie verließ nicht mal die Wohnung, träumte nur von den Geldsorgen, der Schreibblockade und der abfälligen Bemerkung einer Bekannten zu ihrer beruflichen Situation. Es war zum …

Sie wachte abrupt auf.

Zuerst dachte sie, ihr Unterbewusstsein hätte sie aus dem Alptraum katapultiert, dann spürte sie einen süßlichen Geschmack auf den Lippen. Sie öffnete die Augen und blickte in das ebenmäßige Gesicht eines Mannes. Er hatte dunkelblaue Locken, whiskyfarbene Augen und trug ein altmodisches, schwarzes Hemd.

Völlig entspannt saß er auf der Bettkante. Er hatte sie im Schlaf geküsst, wie ihr jetzt bewusst wurde, nun sah er sie einfach nur an. Sie sollte erschrocken sein, sie sollte verdammt noch mal wütend sein, aber sie war es nicht.

»Wer bist du?«, fragte sie nur.

Der Mann erschrak. »Du siehst mich.«

Er stand auf und lief zum Fenster.

»Warte!« Sie sprang auf und rannte ihm nach, doch der Mann war in der Nacht verschwunden.

Margo blickte aus dem Fenster, die Straßen leer. Gähnend kratzte sie sich am Kopf. Vermutlich hatte sie sich das alles nur eingebildet; überreizte Nerven. Eisige Luft wehte ins Zimmer, sie schloss das Fenster und ging wieder schlafen. Doch diesmal träumte sie nicht von ihren Sorgen, sondern von dem mysteriösen Mann mit den blauen Locken. Und als sie am nächsten Morgen aufwachte, stürzte sie aus dem Bett und setzte sich an den Computer.

Sie schrieb einfach drauflos: *Bist du noch die Gleiche? Du denkst an früher, an das Feld hinter dem Haus und die Weizenhalme, die sich im Wind biegen. An deine Finger, die sich zur Faust ballen, dein Staunen über die Kraft, die in dir steckt. An ein Abendessen mit deinen Eltern, der Raum erfüllt mit ihrem Schweigen, und an deine plötzliche Angst, die falschen Menschen zu lieben. Du denkst an Hände, die zärtlich deinen Kopf umfassen, an Sex, an ein spontanes Wettrennen, betrunken nachts auf der Straße, gefolgt von Gelächter, an lautes Mitsingen bei Konzerten, mit geschlossenen Augen. Kurze Gefühle von Unbesiegbarkeit. Du denkst an unheilvolle Blicke, an zugeworfene Türen und Trennungen. Daran, wie du raus aufs Land fährst und die Sonnenstrahlen siehst, die sich auf dem Wasser brechen, oder wie du nachts auf dem Dach eines Hauses stehst, voller Wut, aber auch:* so wach. *Wie du die Augen schließt, deine Hand auf dem kalten Geländer, und dein Herz klopft und klopft und klopft … Bist du noch die Gleiche?*

Sie starrte kurz auf die Zeilen, dann schrieb sie weiter. Einen Kaffee brauchte sie nicht.

Er war beunruhigt. Hatte sie ihn wirklich sehen können? Schien so. Andererseits konnte es einfach nicht sein. Er machte den Job nun schon so lange, und nie war ihm etwas Derartiges passiert. Allerdings hatte er auch noch nie jemanden so geküsst wie sie. Diese zierliche, schöne, manchmal fast spröde Frau mit den dunklen Haaren hatte ihm leidgetan. Margo Brodie, neunundzwanzig Jahre alt, verträumt, beflissen, tapfer, aber ohne jede zündende Idee. Dabei bemühte sie sich ja, und sie trug auch genug Schmerz in sich, doch sie kam beim Schreiben einfach nicht an ihn heran. Und nun saß sie mit ihren so sang- und klanglos gescheiterten Beziehungen auch noch ausgerechnet an einer *Liebesgeschichte,* ihr Untergang.

Als er den Auftrag bekommen hatte, ihr zu helfen – direkte Anweisung von oben –, war er nicht sehr begeistert gewesen: sicher noch so eine selbstgefällige Künstlerin. Er hatte erst wissen wollen, wie ernst sie es meinte, und beobachtet, wie sie in ihrer Einsamkeit schrieb. Nacht für Nacht hatte er sie besucht, war durch ihr Fenster hineingeflogen, hatte ihre Träume gesehen. Verschwommene Bilder von Ängsten, einer Beerdigung oder dem Verrat ihrer einst besten Freundin; manchmal hatte er ihr im Schlaf sogar übers Haar gestreichelt.

Normalerweise küsste er die Auserwählten nur auf die Stirn, alle machten das so. Man wollte kein Gerede riskieren. Doch gestern war es über ihn gekommen. Vielleicht hatte er Mitleid mit ihr gehabt, weil sie zuvor geweint hatte. Vielleicht empfand er aber auch schon zu viel für diese junge Frau, der das Glück so fremd war, dass sie nicht mal mehr davon träumte. Er hatte sie schließlich auf den Mund geküsst. Nur ganz zart, ein Hauch, doch sie war davon aufgewacht. Letztlich hatte das den Unsichtbarkeitszauber aufgehoben.

Eigentlich hatte er noch einen Mitternachtstermin bei einem glücklosen Maler am Stadtrand, aber er musste sie noch ein letztes Mal besuchen, er musste es genau wissen. Und er wollte sie wiedersehen.

Margo war aufgewühlt. Schon den ganzen Tag saß sie am Roman, aß nichts, trank kaum etwas, schrieb und schrieb und schrieb. Es war, als hätte sich in ihrem Kopf eine Schleuse geöffnet, und nun brach eine Flut von Ideen über sie herein. Wieso konnte sie sich plötzlich an Dinge aus ihrer Kindheit erinnern, die längst vergessen schienen, und Gefühle ausdrücken, die sie selbst nie erlebt hatte? Manchmal hatte sie beim Schreiben Tränen in den Augen, weil sie wusste, dass es das Großartigste sein würde, was sie je zustande gebracht hatte. Und es hörte nicht auf. Ein genialer Einfall gebar den nächsten, und immer hatte sie das Gefühl, dass *er* dafür verantwortlich war. Kein Moment, in dem sie nicht sein Gesicht vor Augen hatte, seine blauen Locken und die blasse Haut.

Es war tief in der Nacht, als Margo endlich ins Bett fiel. Sie spürte die bleischwere, wohltuende Müdigkeit eines Menschen, der Entscheidendes geleistet hatte. Plötzlich ein Luftzug, sie blinzelte. Am Bettrand saß der blauhaarige Mann.

Sie richtete sich auf.

»Du kannst mich sehen«, sagte er noch mal.

Seine Stimme! »Ich …« Kurz blieb ihr die Luft weg. Sie räusperte sich. »Ich hab von dir geträumt … musste den ganzen Tag an dich denken.«

»Ich auch an dich, Margo Brodie.«

»Du kennst meinen Namen?«

»Ich kenne *dich*.« Er sah sie an, als unterstrich er einen Satz in einem Buch. Der Typ war nicht nur … nun ja, ziemlich attraktiv, er konnte auch lächeln, ohne zu lächeln. »Ich darf nicht hier sein«, sagte er schließlich. »Ich sollte sofort gehen.«

Er ging nicht.

Sie wollte von ihm wissen, wer oder was er war, und am Ende lautete ihre erste Frage: »Ich dachte, Musen sind weiblich?«

Er zuckte nur mit den Schultern und deutete wieder ein Lächeln an, und sie ärgerte sich: Bestimmt war er das schon oft gefragt worden.

Wieder schauten beide einander an. Ewig. Als die

Spannung schließlich riss und sie sich küssten, geschah alles gleichzeitig: Margo stand als alte Frau in einer nächtlichen Lichtung im Wald und saß im selben Moment als kleines Mädchen auf einem Mondkrater und starrte ins Universum, sie lachte und stolperte, sie schrie und schwieg, fühlte Angst und Zuversicht.

»Das ist …«, wollte sie sagen, stattdessen fiel sie über ihn her.

Es begann die beste Zeit ihres Lebens. Ein Kuss der Muse bewirkte schon Wunder, mit ihr zu schlafen machte aus einem Durchschnittsmenschen ein Genie. Margo empfand die Liebe nicht nur, sie konnte sie endlich beschreiben, festnageln, besitzen. Der Roman schrieb sich von selbst.

Tagsüber musste er zurück in sein Reich, aber bei Anbruch der Nacht kam er wieder vorbei. Anfangs blieb er nur kurz, dann länger. Er war nie wie die anderen Musen gewesen, sie nie wie die anderen Menschen. Es fiel ihm zunehmend schwer, sie zu verlassen. Und wie satt hatte er es, nur ein Geist zu sein. Er war vielleicht unsterblich, aber er hatte auch nie wirklich gelebt.

Am liebsten beobachtete er, wie sie aß. Margo war mit drei Brüdern aufgewachsen; wenn sie sich unbeobachtet fühlte, schlang sie das Essen in sich hinein, und er beneidete sie um den Genuss, den sie dabei empfand. Nur aus Alkohol machte sie sich nichts, trank höchstens mal ein Glas Wein. Als er anmerkte, dass sie sich in dieser Hinsicht von vielen Künstlern unterschied, zuckte sie mit den Schultern.

»Schreiben ist mein Trinken.«

Er lächelte. »Damit kann man sich immerhin nicht zugrunde richten.«

»Das ist eine kühne Behauptung.« Sie lächelte jetzt ebenfalls, dann zog sie ihn zu sich her, mit einer Lässigkeit, die sie selbst überraschte.

Hin und wieder fragte sie nach seiner Herkunft. Erst schwieg er beharrlich, aber dann erzählte er von seinem jahrhundertealten Job und all den Künstlern und Genies, die er wachgeküsst hatte. Es war ihm untersagt, solche Geheimnisse auszuplaudern, doch er wollte es ihr anvertrauen.

Und eines Tages beschloss er, bei Morgendämmerung nicht mehr in das Reich der Musen zurückzukehren, sondern für immer bei ihr zu bleiben. Nach dieser Entscheidung gab es kein Zurück mehr, er gab damit seine Unsterblichkeit auf, doch davon erzählte er ihr nichts.

Sie wohnten gemeinsam in ihrem Apartment, etwas klein, aber liebevoll eingerichtet. Margo blühte auf;

erst jetzt begriff sie, wie einsam sie in den Jahren zuvor gewesen war. Sie liebte seine Aufrichtigkeit, korrigierte ihn amüsiert, wenn er zu altmodisch daherredete, und während sie bisher nur von Fertiggerichten gelebt und kochen gehasst hatte, lernten sie es jetzt gemeinsam. Zwar mussten Musen nicht essen, aber es machte ihm Spaß; er wurde hungrig, weil er hungrig sein *wollte*. Sie zeigte ihm auch Filme und Bücher, die sie inspirierten, und spielte ihm Musik vor, die ihr etwas bedeutete. Früher hatte er diese Dinge kühl betrachtet und immer nur überlegt, welche Kollegen hinter diesem Song oder jenem Text standen. Nun tauchte er ein in die Kunst. Er fühlte sich nicht mehr wie ein Geist, und das verdankte er ihr.

Für die anderen Menschen blieb er unsichtbar, aber es gab ein Restaurant, in dem man im Dunkeln essen konnte. Dorthin gingen sie oft, dort fiel es nicht auf, dass seine Stimme aus dem Nichts zu kommen schien. Dieses Geheimnis gefiel ihnen. Nur manchmal dachte er an seinen Entschluss und was er für sie aufgegeben hatte. Aber er war bereit, an ihrer Seite zu altern.

Der Roman war inzwischen fast fertig. Es fehlte noch das große Finale, aber das war ein Selbstläufer. *Margo Brodie, eine große Schriftstellerin.* Bis vor kurzem hätte sie das selbst lächerlich gefunden, bald würde es die ganze Welt so sehen. Sie dachte daran, wie sie als Mädchen auf der Schreibmaschine ihres früh gestorbenen Vaters ihre ersten Geschichten getippt hatte; beschwingt schickte sie das unfertige Manuskript an den Verlag, um ihre Lektorin zu beruhigen.

Und dann entdeckte sie das mit seiner Hand.

Sie lagen im Bett, als Margo über seine Finger strich. »Komisch«, murmelte sie. »Sie wirken von hier aus fast ein bisschen durchsichtig.«

Erschrocken fuhr er hoch. Es stimmte, seine Hand schimmerte leicht durchsichtig. Natürlich. Er hatte gewusst, dass das kam, die Kollegen hatten ihn gewarnt: *Lass dich nie mit Sterblichen ein, nie mit Künstlern. Sie saugen dich nur aus!* Er kannte Geschichten von Musen, die für immer verschwanden, aber er hatte gehofft, ihm würde es nicht passieren. Nicht mit ihr, niemals.

Er musste es ihr sagen.

»Margo Brodie …« Seine so sanft wirkenden, hellbraunen Augen fixierten sie. »Du musst dich entscheiden.«

»Zwischen was?«, fragte sie unschuldig.

»Zwischen mir und deinem Buch.«

Er stand auf und ging durchs Zimmer. »Wir haben eine Schwelle überschritten, vor der man mich gewarnt hat«, sagte er auf seine manchmal etwas pathetische Art, die sie aber insgeheim süß fand. »Küsst eine Muse einen Menschen, verliert sie einen Teil ihrer selbst. Deshalb kehren wir Tag für Tag in unser Reich zurück, zur Quelle der Kreativität. Tun wir es nicht, lösen wir uns langsam auf. Ich habe mich für dich entschieden und damit für die Sterblichkeit. Ich dachte, wir hätten mehr Zeit, aber offenbar ...«

Er blickte sie an und konnte es kaum aussprechen. »*Margo* ...«, sagte er. »Für jedes Wort und jeden Gedanken, den du jetzt schreibst, wird ein Teil von mir verschwinden und in deinem Buch landen. Bis ich nicht mehr da bin. Du musst dich entscheiden. Ich oder dein Roman.«

Er schaute zu Boden, er war vielleicht Jahrhunderte alt, aber auf einmal wirkte er wie ein Junge. Oft hatte er sich eingeredet, dass sie anders sei als die vielen Künstler, vor denen seine Kollegen ihn gewarnt hatten. Aber stimmte das wirklich? Hatte er ihr nicht zu früh vertraut, und hatte nicht jede Künstlerseele etwas Unerbittliches, etwas *Eiskaltes,* egal wie feinfühlig die Person nach außen wirkte? Er war doch nur ein Geist und sie ein richtiger Mensch, bestimmt würde sie ihn enttäuschen, sie würde ...

Er spürte ihre Hand an seiner Wange.

»Machst du Witze? Der Roman ist mir egal!«

Es war ihr liebevoller Blick, der ihn endgültig beruhigte.

In den folgenden Wochen stand Margo eisern zu ihrem Entschluss. Ihr Buch ruhte, obwohl der Abgabetermin immer näher rückte. Nachrichten ihrer Lektorin ließ sie unbeantwortet, und es ging ihr gut damit. Sie hatte sich für die Liebe entschieden, und gegen die Kunst.

Noch immer genossen sie ihre gemeinsame Zeit, gingen in das Restaurant im Dunkeln, in dem sie sich wie ein richtiges Paar fühlen konnten, und während er in seinem Verhalten anfangs noch geisterhaft und unbeholfen gewirkt hatte, nahm er nun immer mehr Züge eines echten Menschen an. Er liebte es, mit ihr Schach zu spielen, entwickelte eine große Leidenschaft für Zitroneneis, und wenn er lachte, krauste er auf eine Weise die Nase, die sie jedes Mal rührte.

An einem dieser Tage klingelte das Telefon. Die Muse schlief, Margo ging mit dem Hörer in die Küche.

»Da ist sie ja endlich!«, ertönte eine tiefe Männerstimme am anderen Ende der Leitung, die sie schon lange nicht mehr gehört hatte. Sehr lange nicht mehr. »Wir dachten bereits, Sie sind verschollen.«

»Warten Sie …«, fing Margo an, doch sie wurde sofort unterbrochen.

»Ihr Buch wird mein Spitzentitel«, hörte sie ihren Verleger weiterreden. »Wollte ich Ihnen persönlich erzählen. Alle im Verlag sind verrückt danach und sagen, sie hätten seit Jahren nicht mehr so eine gute Geschichte gelesen. Und sie drehen durch, weil der Schluss noch fehlt, und können es kaum erwarten. Unsere Agentin für die Auslandsrechte hat eine Leseprobe verschickt, wir haben noch nie so schnelle Rückmeldungen bekommen, einige Verlage haben sich noch am selben Tag gemeldet. Siebzehn Sprachen, Margo. In siebzehn Länder haben wir es schon verkauft, und das ist erst der Anfang. Denn Sie glauben nicht, wer die …«

»Ich ziehe den Roman zurück«, unterbrach Margo leise.

Kurze Stille in der Leitung. Dann Gelächter.

»Der war gut. Nein, ich will Ihnen nur …«

»Ich habe keine Witze gemacht. Ich ziehe den Roman zurück. Ich werde keine einzige Zeile mehr schreiben.«

Sie stritten eine Weile, aber sie blieb hart, und irgendwann spürte der Verleger, dass diese verrückte Autorin es ernst zu meinen schien. Bitterernst.

Ein langes Seufzen. »Also gut. Hunderttausend. Sofort.«

»Nein, ich …«

»Zweihunderttausend.«

Margo blickte sich in ihrem winzigen Apartment um. Ihr Vorschuss hatte viertausend betragen und war längst aufgebraucht. Niemals in ihrem Leben hatte sie so viel Geld angeboten bekommen. Sie ging auf die dreißig zu und hatte nichts. Aber sie brauchte auch nichts, dachte sie sofort, sie hatte *ihn*.

»Nein«, sagte sie wieder.

»Dreihunderttausend.«

»Vergessen Sie's.«

»Seien Sie doch nicht dumm, Margo. Der Roman wäre Ihr weltweiter Durchbruch, auf Sie warten Reichtum und Ruhm. Was ist denn in Sie gefahren? Wollen Sie …«

»Bitte rufen Sie mich nicht mehr an.«

Sie legte auf. Erst jetzt merkte sie, dass sie zitterte.

Sie ging zum Bett und beobachtete die Muse. Sie hatte noch nie jemanden gesehen, der so ruhig und fest schlief. Seine blauen Locken verdeckten sein linkes Auge, das rechte war friedlich geschlossen. Sie streichelte ihm über die Wange.

»Wer hat angerufen?«, murmelte er schläfrig.

»Niemand«, sagte sie.

In den folgenden Tagen versuchte der Verlag mehrmals, sie zu erreichen, aber Margo antwortete weder auf die Mails, noch ging sie ans Telefon. Sie hatte sich entschieden: Lieber glücklich mit ihm und ohne Roman, als eine erfolgreiche Künstlerin, aber unglücklich. Das war nicht das Problem.

Das Problem war die Geschichte selbst.

Sie wusste inzwischen, wie sie ausgehen würde, sie hatte das Ende im Kopf. Aber solange sie es nicht schrieb, war es nur eine Behauptung, für die es in der wirklichen Welt keinen Beweis gab. Sie hatte ein fast körperliches Verlangen danach, die letzten Seiten zu tippen und endlich schwarz auf weiß zu *sehen,* was sie wortlos und bunt längst fühlte; ein Hunger, der nur mit geschriebenen Worten gestillt werden konnte. Und vielleicht ließ sich ja auch alles in so wenigen Zeilen schreiben, dass die Muse danach noch da war, vielleicht ging das. Dann hätte sie ihn *und* den Roman.

Aber nein, das konnte sie ihm nicht antun, es war zu gefährlich.

Die Muse wiederum liebte Margo noch mehr, seit er ihr entlockt hatte, wie sie den Verleger abgewimmelt hatte. Seine Kollegen hatten sich geirrt. Es gab Künstler, die der Versuchung widerstehen konnten. Die Menschen waren nicht alle gleich. Zudem erschien Margo ihm in diesen Tagen besonders zugewandt. Sie schenkte ihm eine Jacke, die ihm stand, brachte ihm oft Zitroneneis von der Tankstelle und wirkte nach ihrer Entscheidung befreit. Sie hatte nichts mehr mit der verzweifelten, einsamen Frau zu tun, die er damals geküsst hatte.

Stattdessen schwärmte sie ihm von Schottland vor und erzählte, dass sie sich einen Job suchen würde, damit sie bald dorthin reisen könnten. Erfreut recherchierte er nach berühmten Museen in Glasgow, die sie ansehen würden, und fand heraus, dass es dort auch ein Restaurant gab, in dem man im Dunkeln essen konnte.

Er wollte ihr gerade davon erzählen, da fiel ihm auf, dass seine Hand nicht mehr nur leicht durchsichtig war, sondern inzwischen deutlich verblasst.

Er zeigte es Margo, aber sie schüttelte den Kopf.

»Unsinn.« Sie blies sich energisch eine Haarsträhne aus dem Gesicht. »Deine Hand sieht noch genauso aus wie vor ein paar Wochen.«

»Bist du sicher?«, fragte er sie.

Sie nickte.

»Bist du dir *wirklich* sicher?«, hakte er nach.

Sie nickte erneut. Er musterte sie lange, doch sie hielt seinem Blick stand.

Ein paar Tage lang versuchte er, ihr zu glauben. Aber während er bisher stets tief geschlafen hatte, wurde er nun immer unruhiger. Und dann hörte er es eines Nachts, ein Geräusch, das er früher gemocht hatte und das jetzt sein Ende bedeutete:

Das Tippen auf einer Tastatur.

Es blieb ihm nicht mehr viel Zeit. Er sprang auf und lief ins Nebenzimmer, und dort saß sie und hämmerte auf die Buchstaben ein, und mit jeder Zeile, die sie schrieb, verschwand ein kleines Stück von ihm für immer in ihrem Text.

»Margo …«, murmelte er.

Sie hatte sich gewehrt, aber der Wunsch, wenigstens *einmal* erfolgreich zu sein, war trotz bester Absichten unablässig durch ihren Kopf gegeistert, und eine innere Kraft zog sie an den Schreibtisch; die gleiche Kraft, die schon früher dafür gesorgt hatte, dass sie Verabredungen mit Freunden platzen ließ oder gar nicht erst annahm. Sollten diese einsamen Nächte, Monate, Jahre am Ende umsonst gewesen sein? Noch mehr quälte sie der Gedanke, die Geschichte niemals zu beenden. Sie *musste* den Roman einfach fertigschreiben. Mit so wenig Worten wie möglich.

Nacht für Nacht hatte sie sich aus dem Bett geschlichen und an ihr Werk gemacht. Erst hatte sie sich noch streng zurückgehalten, besonders leise getippt und über jeden Satz lange nachgedacht.

Aber die Ideen strömten nur so aus ihr heraus, und so schrieb sie sich irgendwann in einen Rausch und vergaß die wirkliche Welt.

Und vor allem: vergaß *ihn*.

In dieser Nacht wollte sie fertigwerden. Ihre Finger huschten über die Tastatur, reihten Worte und Worte aneinander, und immer waren es die richtigen. Sie war gerade auf der letzten Seite angekommen. Nur noch sie und der Text. Sie schrieb jetzt immer schneller und zitterte vor Glück.

Noch ein Absatz.

Dann die letzte Zeile.

Sie war da. Sie war *endlich* angekommen.

In diesem Moment bemerkte sie ihn. Er stand an der Türschwelle, aschfahles Gesicht. Er kam auf sie zu: »Margo …«

Er war fast bei ihr, und sein Anblick brach ihr das Herz. Sie würde ihn verlieren …

… und trotzdem schrieb sie weiter.

Verzweifelt streckte er noch seine Hand nach ihr aus. »Aber ich liebe …«

Doch in diesem Moment hatte sie das letzte Wort geschrieben, und er war für immer verschwunden.

Margo starrte auf die Stelle, an der er soeben noch gestanden hatte. Dann auf ihren Computer. Der Text war fertig, und mit einem Mal löste sich der eiserne Griff in ihrem Innern, der sie jahrelang an den Roman gezerrt hatte. Sie trottete durch die Wohnung, die sich nun seltsam leer anfühlte, und ließ sich aufs Bett fallen. Und als sie endgültig begriff, was sie getan hatte, weinte sie.

Der Roman wurde ein Erfolg, aber es berührte sie kaum. Weder die Lobeshymnen der Zeitungen noch das Geld, die Bekanntheit oder die Begegnungen mit Autoren, die sie früher bewundert hatte und die sie nun als eine der ihren ansahen. Nichts brachte ihr wirklich Freude, auch nicht der langgeplante Trip in die schottischen Highlands. Ein Abstieg in den Ruhm.

Nur: *Warum* hatte sie es dann getan?

Warum hatte sie schon in den Jahren davor kaum Zeit für Beziehungen gefunden, und *warum* hatte sie nun auch noch die größte Liebe ihres Lebens verraten? Nur für den vergänglichen Rausch, ihr Buch fertigzuschreiben und eine Welt zu erschaffen, die sie nun für immer verlassen musste?

Auf der anschließenden Lesereise dachte sie oft an die Muse und die gemeinsame Zeit in ihrem Apartment; längst hätte sie den Roman gegen ihn eingetauscht. Erzählen konnte sie es niemandem. Keiner würde ihr glauben, es gab nicht den geringsten Beweis für ihn, nur ihre Erinnerung. Sicher, sie konnte über ihn schreiben, aber wäre das nicht erst recht Hohn? Wollte sie ihr Glück auf ewig in einer fiktiven Welt suchen, statt in der echten?

Dieser Gedanke verfolgte sie, und als sie wieder einmal nach einer Lesung verloren zwischen Veranstaltern und Gästen im Foyer stand, begriff sie, dass sie ebenfalls nichts weiter war als ein Geist. Und dass mit jeder Zeile, die sie schrieb, auch sie selbst immer mehr in ihren Geschichten verschwand.

Bei einer Preisverleihung traf sie auf ihren Verleger. Sie nahmen ein paar Drinks, um auf den Erfolg des Romans anzustoßen. Ihr war nicht nach Feiern zumute, ins Hotel wollte sie aber auch nicht. Um Mitternacht herrschte noch dichtes Gedränge am Tresen, doch am frühen Morgen waren sie allein in der Bar. Und da beschloss Margo, ihrem Verleger von der Muse zu erzählen.

Sie ließ nichts aus und gab alles zu, die ganze traurige und verrückte Wahrheit. Sie hatte ihn verraten für ihr Buch, sie verdiente den Erfolg nicht.

Es war die unglaublichste Geschichte, die sie je einem Menschen erzählt hatte, doch nach ihrer Beichte ging es ihr sofort besser. Fast erleichtert sah sie ihren alten Verleger an und erwartete den finalen Schuldspruch. Oder zumindest die Bestätigung, dass sie wahnsinnig war.

Zu ihrer Überraschung hörte sie Gelächter.

»Aber Margo …«, sagte ihr Verleger nur. »Das ist doch die älteste Geschichte der Welt.«

»Wie meinen Sie das?«

»Ach kommen Sie, ich habe in all den Jahren so viele Autoren begleitet, und fast alle haben mir irgendwann mal das Gleiche erzählt wie Sie. Tja, man muss sich eben entscheiden. Entweder für die Liebe oder für die Kunst. Und meine Autoren haben sich nun mal für die Kunst entschieden. Auch Sie haben diesen Weg gewählt, meine Liebe, deshalb sitzen wir heute hier.« Auf dem Tresen lag die Auszeichnung. Ihr Verleger lächelte: »Wobei ich sagen muss: Ich mag Ihre Metapher.«

Margo starrte ihn entgeistert an, doch ihr Verleger achtete nicht darauf und bestellte die letzte Runde – ein angeblich hervorragender Rotwein.

Das Klirren von zwei Gläsern.

»Auf die Kunst«, sagte ihr Verleger.

»Auf die Kunst«, murmelte Margo und trank einen Schluck. Der Wein war sein Geld wert, wie sie zugeben musste, er schmeckte ausgezeichnet. Nur vielleicht ein wenig bitter im Abgang.

Ping Pong
(2008)

Als ich aufwachte, spürte ich sofort, dass ich für lange Zeit hierbleiben würde. Ich blinzelte ein paarmal, öffnete die Augen und sah die einzigen beiden Dinge, die fortan in meinem Leben eine Rolle spielten. Der junge Mann mit den dichten schwarzen Locken, der auf dem Linoleumboden lag und schlief. Und, in der Mitte des Raumes, eine dunkelgrüne, polierte Tischtennisplatte.

Ich richtete mich auf. Mein Blick fiel auf die Stahltoilette in der Ecke, eine leichte Übelkeit überkam mich, vermutlich eine Reaktion auf die Betäubung. Ich versuchte, mich zu erinnern, wie ich hierhergekommen war, doch in meinem Gedächtnis waren alle Bilder vernebelt: *Ich stand in einer Schlange an der Kasse. Spielte Lotto. Ging zurück zu meiner Wohnung. Machte das Klassikradio an. Betrachtete einen Brief…* Ab diesem Moment weiß ich nichts mehr. Ich wachte in diesem Raum auf, ohne irgendeine Erklärung zu haben, wieso ich hier war.

Dem Mann mit den schwarzen Locken ging es ähnlich. Als er kurz nach mir zu sich kam, schilderte er mir, er sei auf einer Party von Freunden gewesen, habe draußen geraucht, dann setzte auch bei ihm die Erinnerung aus. Und nun war er hier. Er hieß Terrence, ein Medizinstudent aus Nordengland. Er war einige Jahre jünger als ich und, könnte man wohl sagen, auf eine grobe Art gutaussehend.

Es mag seltsam klingen, aber anfangs waren wir beide nicht besonders ängstlich, vielleicht, weil wir keine Familie hatten. Meine Eltern lebten nicht mehr, zu seinen hatte er kaum Kontakt, wir waren beide nicht verheiratet und hatten auch keine Kinder. Keiner von uns liebte, keiner von uns wurde geliebt. Wir fragten uns natürlich, wer uns hierhergebracht hatte, aber es gab nicht den geringsten Anhaltspunkt. Reich waren wir nicht, und auch auf einen terroristischen Akt deutete nichts hin.

Niemand sprach mit uns.

Zwar gab es eine Tür, doch sie blieb verschlossen. Eine Zeitlang hämmerte Terrence dagegen, er schrie und bettelte sogar, aber dann gab er es auf. Wir hatten Hunger, doch in dem kahlen Raum gab es außer der Toilette in der Ecke, der Tischtennisplatte, zwei Schlägern und dem weißen Ball nichts. Terrence nahm einen der Schläger in die Hand, legte ihn jedoch kurz darauf wieder hin und setzte sich zu mir an die Wand. Zu seltsam wäre es gewesen, trotz Unwissenheit und Unbehagen einfach zu spielen.

Stattdessen redeten wir miteinander und erzählten vorsichtig von uns. Terrence war athletisch, aber auch auf eine kindliche Art gutmütig; wie ein zu großer, zu kräftiger Junge. Er war mir sympathisch, und ich glaube, ihm ging es umgekehrt genauso. Irgendwann sprachen wir auch über Beziehungen und Frauen. Terrence gestand, dass seine Freundin – eine ihm in jeder Hinsicht überlegene junge Oberärztin, die nebenbei Kampfsport betrieb – ihn kürzlich betrogen und verlassen hatte. Die Trennung schien an ihm zu nagen und noch mehr, dass diese Frau ihm das Gefühl gegeben hatte, nicht gut genug zu sein. Ich versuchte, ihn mit ein paar eigenen Anekdoten aufzumuntern, einmal lachten wir dabei sogar, dann wieder Stille. Schließlich musste Terrence als Erster von uns auf die Toilette, ich sah verschämt weg.

Stunden vergingen, in denen wir hofften, dass jemand den Raum betreten und mit uns sprechen würde, so dass wir zumindest wüssten, *weshalb* wir hierhergebracht worden waren. Doch die Tür blieb verschlossen. Terrence nickte ein, ich blieb wach. Wie spät es war, wussten wir nicht, man hatte uns

Handys und Uhren abgenommen. Wir unterhielten uns erneut, aber irgendwann war fürs Erste alles gesagt. Ich bin im Grunde kein besonders gesprächiger Mensch, Terrence war nicht anders. Schweigend starrten wir auf die Tischtennisplatte, doch die Stille war kaum aushaltbar.

Anfangs machten wir noch Sprüche, dass wir hier waren, um zu spielen. Aber bald wurde uns klar, dass es vielleicht wirklich so war. Wieso sonst diese große Platte? Sie stand mitten im Raum, wie eine Provokation. Sie drang in unsere Köpfe und bestimmte unsere Gedanken. Und schließlich – nie mehr werde ich diesen Moment vergessen – spielten wir die erste Partie.

Wir wollten uns zunächst nur ablenken. Terrence sagte, er habe vor einigen Jahren intensiv gespielt, ich war ein Anfänger. Vielleicht hatte ich als Kind mal einen Schläger in der Hand gehabt, danach bestimmt nicht mehr. Terrence servierte. Ich schreckte zusammen, als ich den unerwartet lauten und hohlen Klang hörte, mit dem der Ball vom Schläger abprallte.

Mein Return ging daneben, der Ball flog in hohem Bogen durch den Raum, sprang noch mehrmals auf und rollte schließlich in eine Ecke. Ich holte ihn, und weiter ging's. Diesmal servierte ich.

Ich machte viele Fehler, merkte aber, wie ich langsam besser wurde. Bald schon schaffte ich es, den Ball zumindest ein paarmal zurückzuschlagen, bis Terrence den Punkt machte.

Schließlich spielten wir unser erstes richtiges Match. Er gewann deutlich, mit einundzwanzig zu drei. Wir setzten uns erschöpft an die Wand. Das Spiel hatte erstaunlich viel Spaß gemacht, und vor allem: Es hatte uns abgelenkt. Als ich später auf die Toilette musste, blickte Terrence höflich zu Boden. Kaum war ich fertig, grinste er mich jedoch an. In der Hand hielt er den kleinen weißen Ball. Wir spielten noch mal.

Es mussten mehrere Tage vergangen sein. Wir bekamen es nicht mit, denn der Raum hatte keine Fenster, die Lampe an der Decke war immer an, ab und zu surrte die Lüftung. Wir schliefen unregelmäßig und verloren jegliches Zeitgefühl. Hungern mussten wir nicht. Ich weiß nicht, wie sie es gemacht haben, aber wann immer wir nach einem längeren Schlaf aufwachten, standen zwei Teller mit Essen in unserem Raum, dazu einige Wasserflaschen. Zu wissen, dass hinter der Tür jemand war, der uns offenbar beobachtete und am Leben lassen wollte, ermutigte uns und ließ uns hoffen.

In dieser Zeit fühlten Terrence und ich uns nahe.

Wir bestritten viele Matches und hatten dazwischen oft lange Gespräche. In unserer Verzweiflung erzählten wir uns sogar intimste Gedanken und Erinnerungen oder stellten Theorien über Politik und Liebe auf, von denen mir heute viele wirr vorkommen. Und kaum waren wir ausgeruht, spielten wir weiter.

Wir waren uns ziemlich sicher, dass irgendwo an der Decke Kameras versteckt waren, doch sie war zu hoch, um es zu überprüfen. Noch immer reagierte niemand auf unser Rufen und Klopfen, niemand sprach zu uns, es gab auch keine Forderungen. Manchmal versuchten wir, auf unseren Tellern mit Essensresten kleine Botschaften und Fragen zu hinterlassen, doch nie erhielten wir Antwort, und die Stille setzte uns zunehmend zu. Sie wand sich immer tiefer in unser Gemüt und war der Grund all unseres Tuns, als stünden wir auf einer heißen Herdplatte und müssten uns fortwährend bewegen. Wir wären in unserer Einsamkeit gewiss verrückt geworden, wenn wir das Tischtennis nicht gehabt hätten.

Da wir bald jeden Tag stundenlang spielten und nur noch selten miteinander sprachen, litt unser anfangs freundschaftliches Verhältnis. Irgendwann sagte Terrence eher als Scherz, dass vermutlich ein

Spiel entscheiden würde, wer von uns beiden den Raum verlassen dürfe.

Ich hielt das für Unsinn, aber sein Spruch war wie ein Gift, das tief in unsere Gedanken einsickerte. Bis dahin hatten wir uns als Team begriffen, danach nur noch als Gegner. Hatte mir Terrence früher noch beigebracht, wie man schmetterte und die Bälle anschnitt, hielt er sich nun mit Ratschlägen zurück. Trotzdem holte ich auf. Ich beobachtete ihn unentwegt und bekam ein Gespür für dieses Spiel. Vielleicht war ich kein Naturtalent, aber dafür ein zäher Arbeiter. Es machte mir diebischen Spaß, wenn mir ein Schlag gelang, den Terrence nicht kontern konnte.

Noch immer gewann er, aber die Abstände wurden knapper. Einundzwanzig zu elf, einundzwanzig zu sechzehn, einundzwanzig zu neunzehn. Je enger die Spiele, desto unbeherrschter wurde Terrence.

Er neigte zu Jähzorn, begann, bei misslungenen Schlägen laut zu schreien, und als ich ihm einen freundlichen, vielleicht etwas amüsierten Blick zuwarf, rief er: »Was grinst du so blöd?«

Er beschimpfte mich nicht nur dieses eine Mal, wie ich klarstellen möchte, sondern auch, wenn ich zu lange brauchte, um den Ball zu holen, wenn ich ihn einfach nur ansah oder wenn ich nicht sofort servierte. Er sagte, ich würde absichtlich so lange zögern, um ihn aus der Fassung zu bringen. Wir spielten und spielten und spielten. Und die Tage vergingen.

Wir sprachen nun überhaupt nicht mehr miteinander, längst waren wir beide sicher, dass es tatsächlich ein Entscheidungsmatch geben würde. Ich konnte fühlen, wie sich mein Verstand klärte und unnötigen Ballast abwarf, wie jede einzelne Synapse meines Gehirns nur noch damit beschäftigt war, mein Spiel zu verbessern. Schon lange träumte ich auch von Tischtennis, ging dort einzelne Schläge durch, zuckte zusammen, wenn mir etwas nicht gelang, wachte kurz darauf auf, sah die von der Deckenlampe beleuchtete Platte. Selbst im Schlaf hörte ich das eindringliche Geräusch, mit dem der Ball vom Schläger getroffen wurde. *Ping, Pong. Ping, Pong. Ping, Pong.* Der Ball sprang durch meine Träume.

Wir schlangen das Essen bloß noch herunter, tranken Wasser, spielten. Zwei Besessene. Es gab keine einzige Minute mehr, in der wir nicht an der Platte standen. Bis Terrence den Ball kaputtschlug.

Sofort war es still. Ich hob ihn mit zittrigen Händen vom Boden auf.

»Was ist?«, fragte er.

Ich starrte auf den Ball in meiner Hand. Er hatte ein Loch und war hässlich verbeult. Zunächst versuchte ich noch, ruhig zu atmen, aber dann schrie ich Terrence an, und ich befürchte, mir kamen dabei sogar die Tränen. Heute schäme ich mich dafür, aber damals dachte ich nur an unser Spiel. Auch Terrence war mitgenommen. Er weinte zwar nicht, saß aber stundenlang mit leerem Blick auf dem Boden. Ab und zu sprang er auf, lief nachdenklich im Kreis, er versuchte den Ball zu reparieren, doch es nützte nichts. Wir wussten beide, dass wir nun wahnsinnig werden würden.

Kaum konnten wir nicht mehr spielen, sprachen wir wieder miteinander. Erst jetzt begriff ich, in welch jämmerlicher Verfassung Terrence war. Er redete oft wirr vor sich hin, einmal sagte er sogar, er würde sich umbringen. Wir entschuldigten uns gegenseitig für unser Verhalten in den vergangenen Wochen. Beim Handschlag gelang es mir sogar, kurz zu lächeln, und über Terrences Gesicht huschte daraufhin der unschuldige Ausdruck unserer ersten Tage.

Später überkam uns dumpfe Müdigkeit. Wir fielen beide in einen erstaunlich tiefen Schlaf, und als wir wieder aufwachten, fand sich neben unserem steril abgepackten Essen und den Wasserflaschen auch ein neuer Ball. Wir jubelten, schrien, lagen uns in den Armen. Ich wage sogar zu behaupten: In meinem Leben bin ich nicht oft glücklicher gewesen.

Doch unsere Verbrüderung hielt nur kurz, schon bald darauf waren wir wieder Rivalen.

Und dann kam der Tag, als ich Terrence das erste Mal besiegte. Es geschah relativ unerwartet, denn in jener Zeit schien er mir eigentlich wieder enteilt. Auch in diesem Spiel führte er erst klar, dann jedoch schlichen sich ein paar Unkonzentriertheiten ein, und ich holte auf.

Auf einmal stand es zwanzig zu zwanzig.

Wir machten nun eine Zeitlang jeweils beide einen Punkt, bis Terrences Nerven versagten und er einen recht einfachen Schmetterball danebenhaute. Ich lachte irre, fast hysterisch lachte ich. Terrence schrie mich an, dass wir sofort noch mal spielen müssten, aber ich weigerte mich. Er kam mit rotem Gesicht auf mich zu und wollte mich schlagen, doch im letzten Moment hielt er inne. Die Hand, die schon zum Schlag bereit gewesen war, sank wieder herunter, die Vernunft hatte gesiegt. Es war das letzte Mal, dass ich ihn so menschlich erlebt hatte.

Ich glaube, wir waren nun schon mehrere Monate in dem Raum. Sicher kann ich es natürlich nicht sagen, aber wenn ich mir überlege, wie oft und wie lange ich schlief, dann würde ich doch behaupten, dass es ungefähr sieben Monate waren. Inzwischen hasste ich Terrence auf eine Weise, wie ich es zuvor nicht für möglich gehalten hätte. Alles an ihm widerte mich an. Die Kaugeräusche beim Essen, sein Schnarchen, die Art, wie er schwitzte und wie seine klitschnassen schwarzen Locken beim Spielen Tropfen verspritzten. Sein stumpfer, oft aggressiver Blick, die schiefen unteren Zähne, die er nach vorne schob, wenn er einen Punkt machte. Ich verabscheute diesen großen, ungeschlachten Menschen und hätte ihn am liebsten beseitigt, aber ich spürte, dass ich dann wohl für immer in dem Raum bleiben würde.

Ich konnte längst fühlen, dass unsere Beobachter ein Entscheidungsspiel zwischen uns wollten, ja, dass sie es geradezu *herbeisehnten,* vielleicht ebenso sehr wie wir. Jeden Tag konnte es so weit sein. Jeder Tag konnte der Tag sein, der einen von uns in die Freiheit entließ.

Doch wenn ich ehrlich war, zog es mich überhaupt nicht mehr zurück in mein altes Leben. Ich konnte mich nur noch verschwommen an diese Zeit erinnern, an die Zeit ohne Tischtennis. Ich wusste weder, wie meine Wohnung ausgesehen hatte, noch vermisste ich die Menschen, die ich damals wohl Freunde genannt hatte. Ich wollte nur noch Terrence schlagen, ihn besiegen, ihm endlich im entscheidenden Spiel eine Niederlage zufügen.

Dieser Gedanke bohrte ein Loch in meinen Schlaf. Oft stand ich dann auf, um heimlich vor der Platte zu stehen. Ich durfte den Schläger nicht in die Hand nehmen und auch sonst nichts tun, das Terrence geweckt hätte, und so stand ich einfach nur reglos vor der Platte und ging im Geiste die einzelnen Schlagvarianten durch. Ich wusste, dass er mit Topspin angeschnittene Bälle auf seine Rückhand fürchtete. Ich wendete diese Variante trotzdem nur selten an, um sie mir für das entscheidende Spiel aufzuheben, denn so konnte er sich nicht darauf vorbereiten. Ab und zu ließ ich diesen Schlag aufblitzen, vergewisserte mich, dass Terrence noch immer keinen Return darauf parat hatte, dann wendete ich dieses Manöver wieder tagelang nicht an, um ihn in Sicherheit zu wiegen.

Ich spürte, dass ich ihn besiegen würde. So wenig wir miteinander sprachen, so laut riefen wir die Zwischenstände. *Zwölf zu acht! Neunzehn zu vierzehn! Einundzwanzig zu neunzehn!* Bei jedem Punktverlust von Terrence sah ich den Hass in seinen Augen. Das war gut so, dadurch wurde er unkonzentriert. Wann immer einer von uns auf die Toilette ging, stellte sich der andere neben ihn, sah ihn an, versuchte ihn zu stören oder zu beleidigen.

Auch sonst griffen wir zu kleineren Tricks. Ich ließ vor meinem Aufschlag den Ball stets dreimal auf dem Schläger auftippen, bevor ich ihn dann nach Tagen plötzlich und ohne Grund viermal oder nur zweimal auftippen ließ. Das machte Terrence zuverlässig nervös. Er dagegen posierte nach wichtigen Punktgewinnen direkt vor mir und grinste höhnisch. Er konnte sich so etwas erlauben und stets ein bisschen weiter gehen als ich; er war stärker, das wussten wir beide.

Manchmal redete Terrence im Schlaf. Einmal murmelte er etwa: *»Aber meine Mutter darf mitkommen?«* Ein anderes Mal rief er verzweifelt, dass er einen offenbar wichtigen Brief dabei habe. *»Bitte geh noch nicht weg, du musst ihn lesen.«* In diesen Träumen wirkte er sehr kindlich, fast unschuldig. Anfangs hatte mich diese Marotte noch gerührt, inzwischen machte ich mich beim Spielen über sie lustig und wiederholte Terrences unbeholfene Sätze. Er wiederum gab bei seinen Returns oft alberne Geräusche von sich, um mich zu irritieren, oder blickte mich sekundenlang mit weit aufgerissenen Augen an. Ich tat, als wäre es mir egal, aber insgeheim irritierte mich dieser Blick wahnsinnig.

In meiner Wut und Unterlegenheit erinnerte ich ihn schließlich daran, dass seine Freundin ihn verlassen hatte; dass er nicht *gut genug* für sie gewesen sei. Ich dachte, es würde ihn aufwühlen oder zumindest verärgern. Doch er starrte mich nur weiter mit seinen weit aufgerissenen Augen an, und da begriff ich, dass er sich vermutlich kaum noch an diese Frau erinnerte.

Hin und wieder träumte ich von Terrences Verhalten im Moment der Niederlage. Manchmal spürte ich sogar, wie ich im Schlaf über sein niedergeschlagenes Gesicht lachte. Davon wachte ich auf, dann ging ich wieder zur Platte, sah sie an, ging jeden einzelnen Schlag durch. Ich spürte, bald würde es so weit sein, bald würde der Tag der Entscheidung kommen.

Doch er kam nicht.

Wir erhielten weiterhin Essen, Wasserflaschen und neue Bälle, doch noch immer sprach niemand mit uns. Unsere Beobachter schienen unzufrieden mit uns zu sein. Vielleicht übten wir ihnen zu wenig. Vielleicht mussten wir einfach noch härter spielen, noch besser werden. Wir trainierten unermüdlich und hofften, dass sie unsere Fortschritte sahen, aber es schien sie nicht zu interessieren.

Wir weinten in dieser Phase nun häufiger. Manchmal kam es sogar zu richtigen Heulkrämpfen, wie ich mit einiger Verlegenheit gestehen muss, dann legten wir uns auf den Boden, schrien, fluchten, winselten, standen schließlich wieder auf und spielten. Wir waren beide aufs Äußerste bereit, für *alles,* doch nichts geschah.

Und dann waren wir frei.

Sie mussten uns etwas ins Essen getan haben. Wir fanden uns beide draußen auf einem Fabrikgelände wieder, am Rande einer Stadt. Ratlos sahen wir uns an, in der Ferne fuhr ein Laster die Straße entlang. Wir konnten es uns nicht erklären. Wieso hatte man uns gehen lassen? Terrence schrie triumphierend, er habe mich im letzten Spiel besiegt, was stimmte, doch wieso war ich dann ebenfalls hier?

Es ging uns nicht in den Kopf, dass alles umsonst gewesen sein könnte. Dass es nie eine Rolle gespielt hatte, wer gewann.

Wir gingen in Richtung Stadt. Eine Radfahrerin fuhr dicht an uns vorbei, ein Wagen bremste hupend an der Kreuzung. Jeder dieser fremden Eindrücke schüchterte uns ein, und mit unserer zerschlissenen Kleidung zogen wir immer wieder Blicke auf uns. Wir wichen den Fußgängern aus und blieben dicht beisammen.

Was wir dann taten, amüsiert mich heute übrigens sehr: Wir gingen nicht zur Polizei, nicht in ein Krankenhaus, stattdessen fragten wir Passanten, wo man Tischtennis spielen könne. Es kam uns gar nicht in den Sinn, uns zu trennen. So sehr ich Terrence hasste, so sehr hatte ich mich an ihn gewöhnt. Es fand sich schließlich eine Halle mit mehreren Tischtennisplatten, an denen neben Vereinsspielern auch einige Halbprofis trainierten. Unsere Spiele begeisterten die anderen. Jeder wollte gegen einen von uns antreten; wir gewannen stets mühelos. Unser Talent sprach sich schnell herum, doch es gab niemanden, der uns schlagen konnte. Nachts schliefen wir anfangs im Vorraum einer Bank und in einer Obdachlosenmission, bald aber bot man uns ein Hotelzimmer an.

In jener Zeit brach der Kontakt zwischen Terrence und mir dann auch ab. Er begann mit einer Tischtennismannschaft durchs Land zu reisen, ich hingegen wohnte weiterhin in der Nähe der Halle, wo ich noch immer jeden Tag spielte. Unser letztes Spiel gewann ich, ziemlich deutlich mit einundzwanzig zu dreizehn. Diese beiden Zahlen haben sich mir eingebrannt. *Einundzwanzig – dreizehn.*

Ich sah Terrence nie wieder.

Was mich angeht, so kann ich versichern, dass mein Leben wieder so normal ist wie zuvor. Ich wohne inzwischen in einer kleinen Pension, sie ist vielleicht nicht so modern wie die großen Hotels, aber dafür ruhig und abgeschieden. Die Tage ähneln einander. Meine Vermieterin macht mir Frühstück, ich lese Zeitung, trinke zwei Tassen Kaffee und höre das Kulturradio oder Stücke meines Lieblingspianisten Frantisek Hrdla, dann fahre ich zur Halle. Denn selbstverständlich nimmt Tischtennis auch weiterhin einen großen Raum in meinem Alltag ein, aber wieso auch nicht? Schließlich verdiene ich mein Geld mit Trainerstunden, eine leider notwendige Plage. Ab und zu lasse ich mich auch dazu herab, auf mich selbst zu setzen, wenn jemand unbedingt wetten will. Es mag prahlerisch klingen, aber ich gewinne jedes Spiel. Die Leute schleppen natürlich reihenweise Gegner an. Dieser hier wird dich besiegen, sagen sie zu mir, er hat sogar an den Deutschen Meisterschaften teilgenommen, aber das beeindruckt mich alles nicht. Auch eine Zeitung war schon da, doch ich habe ihr das Interview verweigert. Die Leute staunen, sie sind irritiert, dass ich nicht im Verein spiele, nicht für mein Land antrete oder auf Sponsorensuche gehen möchte. Aber ich bleibe lieber für mich.

Es sind nun einige Monate vergangen, seit man uns freigelassen hat. Letzte Woche hörte ich, dass Terrence sich umgebracht hat, er hat sich mit einer gestohlenen Waffe in den Mund geschossen. Ist das nicht martialisch? Es war nach der Niederlage gegen einen chinesischen Olympiateilnehmer. Ich bin allerdings nicht sehr traurig über diese Nachricht, wie ich gestehen muss, denn das bedeutet, dass mein letzter Sieg auch unsere letzte Begegnung bleiben wird. Aber solche Gedanken sind nur allzu verständlich, wie ich finde.

Oh, du wunderbares Einundzwanzig-zu-dreizehn!

Es ist also alles wieder in bester Ordnung. Nur manchmal – vor allem nach zehn Uhr abends, wenn die Halle schließt – überkommt mich eine innere Unruhe, als wäre ich nicht glücklich, frei zu sein. In diesen Nächten laufe ich ziellos durch die Stadt, den Kopf gesenkt. Überhaupt versuche ich, andere Menschen zu meiden. Ich mag es nicht, wie sie mich ansehen, ich weiß nichts über sie, kenne ihre Schwächen nicht. Ich überlege ständig, ob sie besser mit der Rückhand oder mit der Vorhand spielen und wie sie wohl servieren.

Mich stören inzwischen ehrlich gesagt auch das kleine Pensionszimmer und die neugierigen Blicke meiner Vermieterin. Das Bett habe ich entfernen lassen, ich schlafe lieber auf dem Boden. Oft trinke ich nun, ohne erkennbaren Grund, aber es ist leichter, als es nicht zu tun. Ich habe immer einen Tischtennisschläger und einen Ball dabei, und wenn ich mich unsicher fühle, was häufiger der Fall ist, dann lasse ich den Ball tausende Male auf dem Schläger auftippen.

Es mag seltsam klingen, aber nirgendwo auf der Welt habe ich mich so sicher gefühlt wie in diesem schlichten Raum, mit Terrence und der Platte. Manchmal träume ich davon, dort wieder aufzuwachen. Als wäre nichts gewesen, als wäre diese schreckliche Zeit in Freiheit nichts weiter als ein Alptraum. Wenn ich dann morgens aus dem Schlaf erwache und mir das alles wieder von der Wirklichkeit entrissen ist, bleibe ich oft noch minutenlang wie gelähmt liegen. Es geht mir dann sehr schlecht.

Um neun schleppe ich mich in die Halle, ich bin immer der Erste. Ich ziehe meine Jacke aus, nehme den Schläger in die Hand, suche mir einen Gegner. Manchmal zittere ich ein wenig, bis ich jemanden gefunden habe. Aber wenn dann endlich der Ball das erste Mal auf den Schläger trifft und es den wohlvertrauten Klang gibt, dieses *Ping*, dieses *Pong*, dann werde ich wieder ruhig.

Richard
(2017)

Wissen Sie«, sagte die alte Frau auf der Parkbank zu dem Mann neben ihr. »Am liebsten mag mein Richard die Hähnchenbrust vom Markt, dünn geschnitten. Der Händler kennt mich und wartet jeden Freitag auf mich … Diesmal wollte ich nichts, ich muss auch sparen, aber er meinte, die Hähnchenbrust sei heute ganz besonders zart, und am Ende habe ich sie doch gekauft.«

Die alte Frau holte das Tütchen mit dem Fleisch aus der Einkaufstasche und zeigte es dem Mann. Er blickte unwillig rüber und starrte dann wieder auf sein Handy.

»Der Richard ist immer aufgeregt, wenn ich damit nach Hause komme, ich glaube, er riecht das Fleisch. Die Sekunden, bevor ich das Hühnchen in seine Schüssel gebe, die kann er kaum noch abwarten, da streicht er mir dauernd um die Beine und miaut.« Sie lachte. »So läuft das bei uns: Zuerst er, dann ich. Bei meinem Mann war das umgekehrt, der hat immer schön Rücksicht auf mich genommen, aber mit dem Richard könnte ich das nicht machen.«

Der Mann neben ihr nickte höflich. Er trug einen dunkelgrauen Hoodie und tippte noch eine Nachricht auf dem Handy, dann stand er auf und wünschte ihr einen guten Tag. Die alte Frau sah ihm nach, die Tüte mit der Hähnchenbrust vom Markt noch immer auf dem Schoß.

Die Blätter der Bäume leuchteten golden in der späten Nachmittagssonne, auf der Wiese im Park spielten Kinder. In der Ferne sah sie ein junges Paar; seine Hand vergrub sich in ihrer Jackentasche und ihre in seiner.

Die alte Frau blickte ihnen nach, dann betrachtete sie ihre fleckigen Hände. Sie dachte an ihren verstorbenen Mann. Wenn ihre Erinnerung ein Kino war, dann waren die Jahre mit ihm ein Klassiker, der noch immer jeden Abend lief. Vielleicht war er nicht mehr ganz so spannend, weil sie jeden Satz aus der Handlung mitsprechen konnte, und vielleicht war auch das Bild inzwischen etwas unscharf geworden und die Tonspur verwaschen, aber das machte nichts. Der Film endete, kurz bevor seine Krankheit begann.

»Ja, klar … Das hat er *niemals* gemacht.«

»Und wie er das gemacht hat.«

Zwei Mädchen durchquerten den Park und kamen diskutierend auf sie zu. Sie setzten sich neben die alte Frau auf die Bank.

Eine Weile hörte sie dem Gespräch der beiden Freundinnen zu und strich dabei immer wieder über ihre gemusterte Bluse. Dann griff sie in ihre Jacke und holte ein Foto heraus. Es zeigte einen jungen Kater. Sein Fell war komplett schwarz, nur die Nasenspitze leuchtete weiß.

»Da war er noch ganz klein«, sagte die Frau, indem sie die Unterhaltung der beiden Mädchen einfach unterbrach. »Ich hab ihn Richard getauft, weil so mal ein guter Freund hieß und weil ich den Namen immer mochte.«

Die beiden Mädchen starrten befremdet auf das Bild.

»Nach dem frühen Tod meines Mannes, da war ich viel allein«, fuhr die Frau fort. »Wir hatten keine Kinder, die Wohnung war so leer ohne ihn, und im Laufe der Jahre sind weitere Freunde gestorben. Tja, so ist das … Manchmal saß ich dann den ganzen Tag in der Küche und hab mit niemandem geredet.«

Sie seufzte, obwohl sie gar nicht seufzen wollte. Es war ungewohnt, länger mit jemandem zu reden.

»Irgendwann hab ich dann im Fernsehen einen Bericht gesehen, dass es in den Tierheimen im Sommer zu viele Katzen gibt, weil die Leute sie vor den Ferien aussetzen. Also bin ich hin. Mein Gott, war das ein Gemaunze dort.« Die alte Frau lachte. »Ich bin durch die Gänge gegangen, und plötzlich greift da eine Tatze nach mir. Ich blicke in den Käfig und sehe ein schwarzes Kätzchen mit weißer Nase. ›Den da haben wir im Wald gefunden‹, sagt der Mann vom Tierheim zu mir. ›Seine Mutter ist gestorben und hat nicht mehr auf ihre Kinder aufpassen können. Alle seine Geschwister waren schon tot, nur er hat überlebt. Ganz schön zäh.‹ Ich schaue auf das Kätzchen, es wirkt verzweifelt, fast flehend, und da sage ich: ›Der kommt zu mir.‹ Das war vor fünfzehn Jahren. Anfangs war es natürlich ungewohnt, da sind wir beide aneinander vorbeigeschlichen. Richard ließ sich nämlich nur ungern streicheln, man konnte sehen, dass er viel mitgemacht hatte und verängstigt war. Aber irgendwann hat er sich an mich gewöhnt.«

Sie holte ein anderes Bild hervor, auf dem der Kater älter und deutlich größer war. Sein schwarzes Fell glänzend und kräftig, er lag behaglich zusammengerollt auf einem Kissen vor der Heizung.

»Das ist sein Lieblingsplatz«, sagte die alte Frau zu den beiden Mädchen. »Er mag's gern warm, und wenn man bedenkt, dass man ihn damals im kalten Wald gefunden hat, kann man das ja auch verstehen. Der Richard ist im Laufe der Jahre ein richtig schöner, stolzer Kater geworden, kein Vergleich zu dem abgemagerten Kätzchen, das er damals war. Er ist …«

Die Frau verstummte mitten im Satz. Wieder strich sie nachdenklich über eine Falte ihrer Bluse. Die Mädchen wussten nicht, wie sie auf die sonderbare Alte reagieren sollten, und schwiegen nun ebenfalls. Der Park versank im blauen Licht der Dämmerung, in der Ferne noch immer der fröhliche Lärm der Kinder, die auf der Wiese Fußball spielten.

Auf einmal tippte die alte Frau auf das Foto. »Ich weiß noch, wie der Richard beschlossen hat, dass wir jetzt Freunde sind. Ich saß in der Küche und hab gelesen, da sprang er plötzlich auf meinen Schoß. Das hat er davor nie gemacht und auch in den Jahren danach nie mehr. Nähe ist nämlich sehr schwierig für ihn. Aber an diesem Tag, da wollte er mir wohl zeigen, dass er mich mag.«

Die beiden Mädchen schauten sich an und kicherten dann los.

Die alte Frau lachte einfach mit. »Ja, er hat seinen eigenen Kopf. Am liebsten ist er in meiner Nähe, aber mit ein bisschen Abstand. Wenn ich in der Küche lese, sitzt er gern auf dem Stuhl neben mir. Wenn ich fernsehe, auf dem Sessel gegenüber. Aber in meinem Bett schlafen? Niemals … Irgendwann kannte ich ihn dann so gut, dass ich ihn genau verstanden habe. Laute Geräusche machen ihm Angst, weil sie ihn an etwas von früher erinnern. Manchmal hat er gute Tage, dann ist er zutraulich und lässt sich am Kopf kraulen. Aber dann muss man ihn auch wieder in Ruhe lassen. Und genauso kennt er auch mich. Katzen sind ja sehr feinfühlig, wusstet ihr das? Es heißt, dass sie sogar den Tod von Menschen erahnen können, aber auch ihren eigenen, so ein gutes Gespür haben sie … Habt ihr ein Haustier?«

Das eine Mädchen schüttelte noch immer grinsend den Kopf, das andere nickte zögerlich. »Einen Hund.«

»Und wie heißt er?«

»Miles«, sagte das Mädchen verlegen.

Die alte Frau lächelte. »Ich verrate dir was.«

Sie holte aus ihrer Tasche noch ein drittes Foto. Der Kater war darauf schon alt und sichtbar ergraut, das Fell nicht mehr glänzend, sondern struppig. Er saß auf einem Stuhl und blickte müde, aber mit klugen gelben Augen in die Kamera.

»*Sein* Lieblingsmoment sind die Sekunden, wenn ich die Hähnchenbrust in seine Schüssel lege. Aber *mein* Lieblingsmoment sind die Sekunden, wenn ich die Haustür aufsperre. Ich höre den Richard nämlich immer schon hinter der Tür miauen. Er ist ja genauso einsam wie ich und wartet die ganze

Zeit auf mich. Und wenn er dann endlich hört, dass ich das Haus betrete, fängt er bereits an zu miauen: ›*Wo warst du nur so lange?*‹ Bin ich dann im ersten Stock und hole den Schlüssel heraus, kratzt er laut an der Tür. Er ist so aufgeregt, dass er sofort aus der Wohnung laufen würde. Ich muss beim Öffnen immer den Fuß in den Spalt halten, damit er nicht ins Treppenhaus rennt. Seit fünfzehn Jahren mache ich das jetzt. Jedes Mal, wenn ich nach Hause komme, halte ich den Fuß in den Spalt; ein richtiger Reflex.«

Die alte Frau blickte lächelnd auf das Foto ihrer Katze.

Das eine Mädchen stieß das andere an.

»Ja, also, wir müssen dann mal …«, sagte es schnell. Sie verabschiedeten sich, und kaum, dass sie einige Schritte entfernt waren, prusteten beide los.

Die alte Frau hörte es, es machte ihr nichts aus. Allmählich dunkelte es, aber heute wollte sie noch nicht so früh nach Hause. Ihr Blick schweifte über den Park, dessen Laternen gleichzeitig angingen. Nach und nach leerte er sich, auch die Kinder, die auf der Wiese Fußball gespielt hatten, machten sich auf den Weg.

Noch immer betrachtete sie das letzte Foto von Richard. Sie dachte daran, wie er vor zwei Tagen in ihrem Bett geschlafen hatte. Das hatte er noch nie gemacht, in all den Jahren nicht, es war ihm immer zu nah. Aber diesmal war er mit einem Schnurren zu ihr gekommen und ganz zutraulich gewesen. Überrascht hatte sie ihn beim Namen gerufen. Er hatte ein paarmal seinen Kopf an ihrem Arm gerieben und sich schließlich an ihre Schulter gekuschelt.

Die alte Frau umklammerte das Tütchen mit dem Hähnchenfleisch und legte es neben sich. Plötzlich weinte sie.

Der Park war inzwischen leer, niemand sah es, und nach einigen Augenblicken hatte sie sich wieder beruhigt. Sie stützte sich auf die Gehhilfe und machte sich auf den Heimweg. Die Lichter der Laternen malten scharfe Schatten auf den Bürgersteig, aus den Kneipen und Restaurants wehte Gelächter und Stimmengewirr zu ihr herüber.

Im Treppenhaus empfing sie der altbekannte Geruch nach kühlem Staub. Sie ging die Stufen nach oben, jede vorsichtig und mühsam, aber nie hatte sie darüber geklagt. Endlich kam sie bei ihrer Wohnung an. Sie holte den Schlüssel aus ihrer Tasche und schloss die Tür auf. Dahinter war es dunkel und still, trotzdem hielt sie den Fuß in den Spalt.

Die Nacht der Bücher
(2016)

Anmerkung

Zu diesem Erzählband gehören zwei Texte aus dem Universum von Vom Ende der Einsamkeit. *Für die folgende Geschichte muss man den Roman jedoch nicht gelesen haben, es reicht zu wissen, dass die Hauptfigur Jules als Kind gern geschrieben hat. An einer Stelle vom Anfang heißt es:*

> Ich lag an diesem Nachmittag auf dem Bett und schrieb an einer neuen Kurzgeschichte. Sie handelte von einer Bibliothek, in der die Bücher nachts heimlich miteinander sprachen, voreinander mit ihrem Verfasser prahlten oder sich über ihren schlechten Platz in einem der hinteren Regale beschwerten.

Der Roman umfasst fünfunddreißig Jahre, da bleibt vieles nur angedeutet. Trotzdem lebt man beim Schreiben mit den Figuren zusammen, und oft habe ich mir überlegt, wie sie sich in Momenten verhalten haben könnten, die für die Geschichte keine

Rolle spielten. Wie reagierte Jules' Schwester auf die Wende, ist sie als Jugendliche nach Berlin gefahren? Oder wie lief das erste Kennenlernen seines Bruders mit seiner zukünftigen Frau ab, wie flirtete er?

Bei Jules dagegen habe ich mir oft vorgestellt, wie er als Vater zu seiner Kindheit zurückfindet und die oben erwähnte Geschichte – noch mal von ihm überarbeitet – an Weihnachten seinen eigenen Kindern vorliest. Nicht zuletzt, weil ich auf Lesereise immer wieder auf diese Stelle stieß.

Das Ganze hatte natürlich keinen Platz im Buch und war nur eine Spielerei, okay – aber wie ging denn nun Jules' Märchen mit den sprechenden Büchern?

Ich glaube, es ging so:

Die Nacht der Bücher
Eine Weihnachtsgeschichte

Mr. Stanley war nicht zu beneiden. Er saß auf dem Holzstuhl in seinem Dienstzimmer und starrte auf den hässlichen Katzenkalender an der Wand. Er war achtundfünfzig Jahre alt und hatte an Heiligabend nichts Besseres zu tun, als Nachtwache in einer Bibliothek zu halten. Dabei las er noch nicht einmal gern! Auf dem Tisch standen ein Teller mit harten Schokoladenkeksen, die die Kollegen ihm gebacken hatten, und eine Thermoskanne mit Punsch. Vor dem Fenster trieben Schneeflocken und zerschmolzen auf dem Gehsteig. Er stieß einen langen Seufzer aus.

Zeit für seine Runde. Er griff nach dem Schlüsselbund und durchschritt die Flure des Gebäudes, seine Stiefel knarrten auf dem Dielenboden. Es war eine alte, staatliche Bibliothek in Marylebone, London, die trotz zahlreicher Spenden und einiger kostbarer Erstausgaben – darunter ein frühes Original-Manuskript von *Pu, der Bär* von A. A. Milne –

immer etwas heruntergekommen wirkte. Doch er hing nun mal an dem Laden. Machte hier schon seit über neunzehn Jahren Dienst, und hier würde er auch mal in Rente gehen, falls nicht die …

Er blieb stehen; ihm war, als würde er beobachtet. Misstrauisch strich er sich über den Schnauzer und sah sich um. Nichts. Die Gänge waren leer, er war allein – allein mit Tausenden von Büchern. Stanley seufzte wieder. Manchmal wünschte er sich ja, er würde mehr lesen, aber er war zu faul. Er hatte seinen guten alten Fernseher zu Hause, damals ein Prachtding, das ihn einen Monatslohn gekostet hatte, und auch jetzt noch ein Freund, der ihn zuverlässig unterhielt.

Nein, Lesen war nicht seine Sache, aber er liebte, wie es hier roch: ein bisschen Staub, altes Papier, gegerbtes Leder. Es war dieser Geruch, den er jedes Mal vermisste, wenn er frühmorgens nach Hause ging, und auf den er sich insgeheim freute, wenn er abends wieder zur …

Erneut drehte er sich um. War da nicht gerade ein Geräusch gewesen? Doch es kam nicht aus dem Ostflügel, wo die Erstausgaben in einem Safe aufbewahrt wurden, sondern … Mr. Stanley eilte zur großen Halle. Er schloss die quietschende Tür auf und starrte in diesen endlosen Schlund aus Büchern. Zu viele, um sie zu zählen. Klassiker aus vergangenen

Epochen, Tausend-Seiten-Wälzer aus verschiedensten Ländern, politische Schriften, Kinderbücher, Fantasyromane, moderne Literatur, Reiseführer, Krimis, Liebesgeschichten. Die gesamte Bibliothek war im Grunde nichts als ein gigantischer Bahnhof voller Figuren und Geschichten. Stanley ging durch die Halle und sah sich gewissenhaft um: Stille und Dunkelheit.

Schon eigenartig. Immer an Weihnachten war ihm, als würde es in der Bibliothek spuken, als hörte er seltsame Geräusche, die sofort verschwanden, wenn er die Tür aufmachte. Noch ein letztes Mal blickte er auf die vollgestopften Regale, in denen sich jedes wichtige Werk der Literatur zu befinden schien. Nichts regte sich, der Mond tauchte die große Halle in geheimnisvolles Licht.

Schließlich senkte der Nachtwächter seine Taschenlampe, schloss die Tür hinter sich ab und ging wieder zurück. Im Dienstzimmer trank er einen Schluck Punsch und schüttelte den Kopf.

Lange Zeit blieb es in der großen Halle still. Die Bücher wollten auf Nummer sicher gehen. Dieser Mr. Stanley war ein misstrauischer alter Knochen, da musste man auf der Hut sein. Dann aber konnte man ein leises Rascheln hören. Ganz vorsichtig hatte sich Jules Verne umgedreht.

Es war *In 80 Tagen um die Welt*.

Die anderen taten es ihm zögerlich nach.

Von jedem Autor drehte sich ein Buch um, während ihm die anderen Werke seines Verfassers Platz machten, so dass es seine Buchdeckel auseinanderklappen konnte. Endlich frei, was für eine Wohltat.

Shakespeares *Romeo und Julia* war so ein Buch, auch Manns *Buddenbrooks*, Tolstois *Krieg und Frieden* und Flauberts *Madame Bovary*.

Nach und nach zeigten sich die wichtigsten und weisesten Werke, um zu den anderen, oft jüngeren Büchern zu sprechen. Diese konnten sie zwar hören, mussten jedoch weiterhin in ihrer unbequemen Haltung verharren; mit dem Rücken zur Halle konnten sie nur tuscheln und flüstern.

Das Sprechen hingegen war nur denjenigen Büchern erlaubt, deren Autoren bereits große Erfolge feiern konnten und von denen zahlreiche Werke vertreten waren. So lauteten die Regeln, es gab eine klare Klassengesellschaft. In den Bibliotheken im Ausland mochte es vielleicht anders zugehen, da hörte man ja allerhand, aber das hier war England, da achtete man auf Stil und Etikette.

»Ist er weg?« Die Stimme von Jane Austen schnitt in die Stille.

»Denke schon«, meinte McCullers. »Armer Mr. Stanley.«

»Ein trauriger Narr, wer an diesem Tag arbeiten muss«, pflichtete Dostojewski bei. »Wieso tut er das nur jedes Jahr?«

»Ich nehm mal an: Frauen Fehlanzeige«, murmelte *Der Fänger im Roggen,* einer der jüngeren Romane. Er hörte seinen einzigen Freund in der Bibliothek, *Huckleberry Finn,* kichern.

Die ersten Minuten gehörten dem Tratsch: Kürzlich ausgeliehene Bücher erzählten, was sie auf ihrer Reise in andere Wohnungen erlebt hatten. Werke über politische Theorien, deren Verfasser oft russische und französische Namen hatten, seufzten dann, dass sie so gern auch mal wieder ausgeliehen werden würden. »Das letzte Mal war ja noch Thatcher im Amt!« Andere Bücher erzählten von einem Schulhoftyrannen, der eine ihrer Seiten gleich fünfmal lesen musste, bis er sie verstand, oder beschwerten sich, dass sie nach einer Neuausrichtung der Bibliothek nun am Fenster waren und ihr Einband im Sonnenlicht vergilbte.

Der übliche Smalltalk. Doch je weiter die Nacht voranschritt, desto mehr ging es um die Frage, wer diesmal vorlesen durfte.

»Ist Dickens da?«, fragte jemand mit irischem Akzent, vielleicht war es Joyce.

Die anderen Bücher suchten nach dem berühmten Autor der *Weihnachtsgeschichte*.

»Nein, leider weg. Hat vorhin noch jemand ausgeliehen!«

»So ein Pech, das ist jetzt schon das dritte Jahr hintereinander!«

Ein hundertfaches Aufstöhnen ging durch die Halle, denn nichts hätte die Bücher in dieser Nacht mehr gefreut, als wenn ihnen Dickens endlich wieder die Geschichte des alten Ebenezer Scrooge erzählt hätte.

Man beriet sich, was stattdessen gelesen werden sollte.

»Vielleicht sind ja einige der jungen Bücher daran interessiert, die berühmteste Liebesgeschichte aller Zeiten zu hören?«, fragte der etwas selbstgefällig gewordene Shakespeare in die Runde.

Für einige Sekunden blieb es in der Halle peinlich still. Shakespeare erkannte den Wink und rettete sich mit dem Hinweis, dass seine Seiten ohnehin derart alt und wertvoll wären, dass er sich nur noch bei »ganz besonderen Gelegenheiten« zu seiner vollen Pracht entfalten würde und dies ja wohl nicht der richtige Augenblick dafür wäre.

Ein paar ebenfalls ältere englische Bücher meinten daraufhin, dass sie sich gar nicht daran erinnern könnten, Shakespeares Seiten jemals in solch einer »vollen Pracht« gesehen zu haben, und es überhaupt schon ein Weilchen her sei, dass ihn jemand ausgeliehen habe. Im Gegenteil, entgegnete Shakespeare nun brüskiert, er werde andauernd ausgeliehen, woraufhin jemand erwiderte: »Ja, aber nur von gelangweilten Schulklassen«, was einige Lacher provozierte.

Es entstand ein erbittertes Wortgefecht, dem die jüngeren Bücher atemlos lauschten, denn so etwas bekamen sie von den weisen älteren Büchern nicht oft zu hören. Umso spannender, jetzt dabei zu sein, noch dazu an so einem Abend, an dem man von den Straßen her Weihnachtslieder hörte und der geschmückte Tannenbaum in der Halle im Mondlicht schimmerte.

Bald jedoch hatten sich alle beruhigt, und aufs Neue stand die Frage im Raum, aus welchem Buch gelesen werden sollte. Viele machten sich für eine makabre Erzählung von Roald Dahl oder eine Schauergeschichte von Edgar Allan Poe stark, doch der winkte ab.

»Doch nicht an so einem Abend!«, sagte er, versprach den jüngeren Büchern aber, bald wieder den Klassiker *Das verräterische Herz* vorzulesen.

Balzac dagegen fragte in die Runde, ob denn jemand eine Weihnachtsgeschichte wisse, vielleicht »eines der südlicheren Bücher«, bei denen er nur seine befreundeten Italiener und Spanier gemeint haben konnte. Doch Dante musste verneinen, und der alte Cervantes war eingeschlafen und schnarchte leise.

»Es kann doch nicht sein, dass wir niemanden finden!«

Einige jüngere Bücher riefen nun nach *Harry Potter*, ein Buch, von dem viele der alteingesessenen Werke lange nicht gewusst hatten, was sie davon halten sollten. Vielleicht waren sie anfangs aber auch nur eifersüchtig gewesen, da die Reihe um den Zauberschüler zu den beliebtesten Werken der Bibliothek gehörte. Vor allem Barrie hatte gespürt, dass sein *Peter Pan* nicht mehr ganz dagegen ankam, und erst Stimmung dagegen gemacht. Aber dann hatten er und Rowling sich überraschend gut verstanden, und auch viele ältere Bücher mussten zugeben, dass sie den Geschichten aus Hogwarts durchaus mit Spannung gelauscht hatten.

Capote forderte *Lolita*. Eigentlich hatte ihn nur der Tratsch am Anfang der Nacht interessiert, das Vorlesen war ihm egal. Aber er wollte provozieren, und tatsächlich sagte sofort jemand entrüstet, dass das Buch »viel zu versaut« sei. Nabokov nahm es mit einem süffisanten Rascheln hin.

Adichie, Woolf und de Beauvoir dagegen hatten keine Lust mehr, der alljährlichen Diskussion beizuwohnen (»zu viel Testosteron in der Tinte«) – und begannen eine angeregte eigene Unterhaltung.

Als nun Rufe nach *Moby Dick* laut wurden, meinte jemand: »Ich dachte, das soll eine *Lesung* werden, keine kollektive Einschläferung.«

Es war nicht klar, wer das gesagt hatte, die Bücher beschuldigten sich gegenseitig, aber den alten Melville konnte ohnehin nichts so leicht aus der Fassung bringen, und die Diskussion ging weiter. Ein Witzbold schlug gerade vor, *Pu, der Bär* aus seiner »Isolationszelle« im Ostflügel zu befreien, als plötzlich ein ohrenbetäubender Schrei durch den Saal hallte.

»Hört endlich auf! Ich hab diesen Mist so satt!«

Es war die tiefe Stimme Hemingways.

Die anderen Bücher wurden still, denn sie fürchteten sich vor ihm. Er war völlig unberechenbar. Mal konnte er ganz reizend sein, ein guter Zuhörer und fabelhafter Erzähler. Aber genauso oft war er auch unwirsch, und gerade an Weihnachten kippte seine Stimmung fast immer.

»Verschone uns heute bitte mit deiner guten Laune, alter Freund«, sagte Fitzgerald nicht unfreundlich, doch Hemingway hörte weder auf ihn noch die Brontë-Schwestern. Einmal in Rage gebracht, war er kaum mehr zu stoppen, ereiferte sich lautstark über die anderen Bücher und flatterte aufgeregt mit den Seiten.

»Dieses verdammte Weihnachten. Jedes Jahr bin

ich hier mit euch eingesperrt. Gebt mir ein Feuerzeug, damit ich den Laden endlich anzünden kann.«

Er klappte wie wild mit den Deckeln. Einige junge Bücher bekamen Angst.

»Sileeeeeence!«, rief es da laut. *»Mince, alors!«*

Es war Proust, der nun müde hervortrat.

»Immer dieser Lärm«, sagte er. »Da geht man *einmal* früh schlafen und wird mitten in der Nacht geweckt. Ich hab so schön geträumt.« Er rieb sich gähnend die Seiten. »Von einem ganzen Berg von Madeleines.«

Der letzte Satz war ein Scherz und beschwichtigend gemeint. Doch Hemingway verstand es falsch und war noch immer so außer sich, dass er sich zur schlimmsten Beleidigung hinreißen ließ, die man als Buch aussprechen konnte.

»Ach, halt die Schnauze, Marcel, auf dir liegt eh schon Staub!«

Sofort war es friedhofsstill.

Nach einem Moment des Schocks entschieden die umstehenden Werke nun, Hemingway gewaltsam zur Vernunft zu bringen. Mit einem gezielten Öffnen des Deckels beförderten sie ihn auf den kalten Marmorboden der Halle, wo er fluchend und mit einem dumpfen Knall aufprallte, der bis in die verlassenen Gänge der Bibliothek hinein zu hören war.

»Nicht die erste Schlägerei, die er verloren hat«, sagte jemand.

Die anderen Bücher flatterten aufgeregt mit den Seiten, dann aber hörten sie die knarrenden Schritte des Nachtwächters.

»Er kommt wieder!«, riefen sie, »schnell, er ist gleich da.«

Als sich kurz darauf die Tür mit einem quietschenden Geräusch öffnete, war jedoch jeder auf seiner Position und presste die Seiten zusammen.

Mr. Stanley leuchtete mit seiner Taschenlampe mehrmals durch den Saal, und wenn ein jüngeres Buch vom Strahl des Lichts getroffen wurde, zuckte es innerlich auf …

Aber niemand rührte sich.

Der Nachtwächter wollte gerade gehen, da sah er Hemingway auf dem Boden liegen. Verwundert hob er das Buch auf und blätterte durch die Seiten. Blitzschnell drehte er sich um, er wusste genau, jetzt würde er den Übeltäter finden!

Doch seine Blicke prallten an den unzähligen Bücherregalen ab, die massiv und stumm in der Dunkelheit standen. Stille, Stille. Nur draußen sang ein Chor leise *Holy Night,* und vor dem Fenster fiel noch immer dichter Schnee.

Der Nachtwächter stellte Hemingway wieder an seinen Platz zurück.

»Was ist nur jedes Jahr mit diesem Buch los …«, murmelte er, dann schlurfte er aus der Halle und verschloss mit dem üblichen Seufzen die Tür hinter sich.

Das Franchise
oder: Die Wahrheit über das Lügen

(2016)

Wenn man sein Imperium auf einer Lüge aufgebaut hat, lautet das oberste Gesetz: *Vergiss die Lüge.*

Die meiste Zeit seines Lebens war Adrian Brooks gut damit gefahren, doch je älter er wurde, desto öfter holten ihn die Erinnerungen ein. Es gab Tage, da erschienen ihm Reichtum und Ruhm wie Hohn, und dann half es auch nichts, wenn er der Familie des armen George anonym Geld spendete oder eine Stiftung für junge Filmemacher gründete. Er war dabei, das Spiel um sein Gewissen zu verlieren.

Und als er nun am Fenster seiner umgebauten, dreistöckigen Villa im Zentrum San Franciscos stand und auf den Peugeot hinunterblickte, der gerade die Einfahrt hinaufgefahren kam, da wusste er, dass heute der Tag war, an dem er endlich die Wahrheit sagen würde.

Die Frage war nur, ob sie auch gehört würde.

Hinter dem Steuer des Peugeot saß ein junger Filmjournalist, das Interview war für *Vanity Fair* oder *Variety* oder irgendeines dieser Magazine, die in den vergangenen Jahrzehnten immer wieder Porträts über ihn gebracht hatten. Einmal auch zusammen mit seinem Freund Spielberg auf dem Cover: die beiden größten Filmemacher des 20. Jahrhunderts. Und wieso auch nicht, viele Klassiker gingen auf Brooks' Konto, und seiner Glückssträhne in den Siebzigern verdankte er seinen Spitznamen *Goldfinger*. Berühmt sein Ausspruch: *»Die einzig mögliche Realität ist die Vision.«*

Fotos von damals zeigten ihn als bärtigen Playboy auf einer Yacht oder diskutierend mit Kubrick. In den Achtzigern dann Gespräche bei Oprah, in diesem unsäglichen weißen Anzug über die Entwicklung des Films philosophierend. Immer wieder auch Berichte von Leuten in Sturmtruppenkostümen, die vor seinem Anwesen campierten und erst abzogen, wenn er ihnen ein Autogramm gegeben hatte.

In den Neunzigern dann der Absturz, als Brooks mehrere Flops gelandet hatte und in der hysterischen Phase nach dem 11. September 2001 kurzzeitig sogar verdächtigt worden war, ein Spion zu sein – eine bizarre Volte in seiner Vita. Bis ihn sein erstaunliches Gespür für Superheldenfilme wieder saniert hatte. Vor kurzem dann der Verkauf seiner Firma *B-Movies* an *Paramount,* der ihm sechs Milliarden eingebracht hatte.

Aber was nun? Mit Mitte siebzig endlich ein freier Mann? Der größte Filmmogul des vergangenen Jahrhunderts? Noch immer ein heimlicher Betrüger?

O Herr, erlöse mich von meinen Sünden!

Jeff Winkler, der junge Journalist, der ihn für den *Economist* (das war's also) interviewen sollte, wirkte beim Handschlag schüchtern, fast verklemmt. Konnte natürlich auch eine Masche sein, Brooks ließ sich da nichts vormachen. Aufhänger des Gesprächs war der Verkauf an *Paramount,* aber er spürte, wie es ihm immer schwerer fiel, auf die üblichen Fragen zu antworten. Was nützte es schon, wenn man als visionärer Geschichtenerzähler galt und ausgerechnet die unglaublichste Geschichte für sich selbst behalten musste? Vierzig Jahre kein Wort zu niemandem, es war nicht zum Aushalten.

Brooks ließ sein Zippo aufschnappen und gab sich Feuer. Ein Blick auf seine alten, ledrigen Hände, er musste dringend mal wieder zum Lasern. Er bot Winkler auch eine Zigarette an, aber der schüttelte nur den kahlen Kopf. War ja klar, dass der Typ nicht rauchte. Überhaupt, wie dieser Winkler rumlief, gepflegtes, kariertes Hemd, Chucks, Hornbrille; hundertprozentig ein Veganer. Erinnerte Brooks ein wenig an seine eigenen Anfänge, damals, in seinem anderen Leben.

Kurze Rauchpause, noch mal Zeit zum Nachdenken. Brooks lehnte den Kopf gegen das Leder seines Sessels. *»Na schön, Winkler, heute ist Ihr Glückstag«*, sagte er schließlich. *»Wie wär's, wenn wir das Gespräch etwas interessanter gestalten?«*

Der Journalist sah ihn neugierig an. »Gern, Mr. Brooks.«

»Ich frage Sie: Wer bin ich?«

Winkler richtete sich auf. »Wie meinen Sie das?«

»In Ihren Augen: Wer bin ich? Ehrliche Antwort.«

»Nun ja ...« Winkler sah ihn nicht an. »Sie haben mehr Oscars als Produzent und Drehbuchautor gewonnen als jeder andere. Sie haben unzählige junge Regisseure entdeckt. Sie haben das Kino revolutioniert.« Endlich sah er ihm in die Augen. »Sie haben aber auch ein paar Desaster erlebt.«

»Danke, dass Sie das große Thema aussparen«, sagte Brooks. *»Aber ich frage Sie jetzt noch mal, in einem Satz: Wofür bin ich bekannt?«*

Winkler musste lächeln. »Sie sind Adrian Brooks«, sagte er. »Sie haben *Star Wars* erfunden, jedes Kind kennt Sie.«

Brooks aschte in den Marmorbecher auf dem Schreibtisch und seufzte. Wie oft hatte er das gehört. Doch selbst jetzt, nach vierzig Jahren, klang es immer noch falsch. Eine *Lüge, Lüge, Lüge*. Er sah wieder den Aufzug vor sich. Die Leiste mit den fünf Knöpfen. Parterre, 1. Stock, 2. Stock, 3. Stock … und dann der ominöse fünfte Knopf. Der Knopf, der alles verändert hatte.

»Also gut, hier kommt eine kleine Story.« Er beugte sich zum Journalisten vor. *»Sagt Ihnen der Name George Lucas noch etwas?«*

»Lucas, Lucas …« Winkler überlegte, sein Gesicht wirkte mehrere Sekunden lang leer wie eine Bahnhofsuhr. Plötzlich schien ein Gedanke seinen Kopf zu erhellen. »Der Typ aus den Siebzigern, der Sie verklagt hat?«

»Genau. Übrigens damals auch ein guter Regisseur. American Graffiti *ist von ihm.«*

»Stimmt, und dieser Science-Fiction-Film, THX *irgendwas*. Und …«, Winkler rückte seine Brille zurecht und lachte unvermittelt, »dann natürlich noch dieser fürchterliche Vietnam-Flop. Wie hieß der noch?«

»Apocalypse Now.«

»Hab seit Jahren nichts mehr von ihm gehört, was macht Lucas jetzt?«

»Er ist Rentner«, sagte Brooks schlicht. *»Hat*

damals den Prozess gegen mich verloren, auf das Drängen seines guten Freunds Coppola sein letztes Geld mitsamt einem Kredit in Apocalypse Now *gesteckt, ein Desaster, und danach hat er nie mehr etwas gemacht. Bis zur Rente hat er hochverschuldet als Professor mit halber Stelle hier an der Filmhochschule gearbeitet und irgendwelchen Schwachköpfen von Studenten das Cutten beigebracht.«* Brooks nahm einen Zug. *»Wissen Sie, wieso er mich verklagt hat?«*

»Hat er nicht gesagt, Sie hätten ihm *Star Wars* geklaut?«

»Interessanter Fall, oder? Da kommt so ein Typ im Flanellhemd aus Modesto daher und sagt, das erfolgreichste Franchise der Filmgeschichte wäre ursprünglich nicht meine, sondern seine Idee gewesen, obwohl ich zweifelsfrei beweisen konnte, dass ich ihm nie begegnet bin und auch Jahre vor ihm auf die Geschichte kam. Aber was, wenn er teuflischerweise recht hatte? Wenn er es vor Gericht zwar nicht beweisen konnte, aber wenn er verdammt noch mal trotzdem recht hatte?« Brooks sah in das überraschte Gesicht seines Gegenübers und schaltete das Aufnahmegerät aus. *»Wollen Sie eine Geschichte hören, die Sie nicht für möglich halten?«*

»Selbstverständlich.«

»Wird mein letztes Drehbuch.« Brooks griff in

die Schublade und holte ein geheftetes Dokument heraus. *»Oder, wenn man so will, vielleicht das erste gute, das ich selbst geschrieben habe.«*

Winkler griff danach. »DER AUFZUG«, stand auf der Titelseite. Ein Treatment mit einer auf sieben Seiten luftig beschriebenen Storyline. Interessiert blätterte er darin und musste ein paar Mal schmunzeln.

»Sie müssen sich das als fertiges Drehbuch vorstellen. Muss mal die Coen-Brüder oder Spike Jonze fragen, ob sie was Verrücktes draus machen wollen. Was denken Sie?«

»Interessanter Story-Ansatz.« Winkler legte das Treatment zurück auf den Tisch. »Ein bisschen Meta wie bei *Being John Malkovich*. Eine Groteske?«

»Aus Ihren Augen betrachtet ja. Aus meinen ist es die Wahrheit. Meine Beichte.«

»Wie soll ich das verstehen?« Winkler wirkte amüsiert, aber auch misstrauisch, als vermute er, hier gleich auf grandiose Weise reingelegt zu werden.

Na, dann war es an der Zeit, ihn noch mehr zu verunsichern.

»Glauben Sie an Zeitreisen?«, fragte Brooks.

»Sie meinen in Ihrem Treatment oder …«

»In echt. Glauben Sie daran?«

Winkler runzelte die Stirn, unsicher, was er auf diese Frage antworten sollte. Dieser zu erwartende Gesichtsausdruck brachte Brooks zum Lächeln. Er lehnte sich wieder zurück und tat noch einen Zug. Dann fing er an zu erzählen.

»Ich persönlich habe nie an Zeitreisen geglaubt«, sagte Brooks. *»Aber ich wurde dazu gezwungen ... Ich weiß, was Sie in Ihren Unterlagen stehen haben: Ich wäre in Queens im Jahr 1946 geboren. Unehelich gezeugt, Vater unbekannt, Mutter drogensüchtig, als eine Art Waise auf der Straße aufgewachsen. Schon immer Filme geliebt, mich an andere Orte geträumt, am besten gleich hinaus in den Weltraum. Wo ich mir schließlich Abenteuer vorstellte. Gut gegen Böse, Lichtschwertduelle, Raumschiffe ... Das alles war eine der ersten romantischen Lügen, die ich in die Welt gesetzt habe.*

In Wahrheit bin ich 1986 geboren, hier in San Francisco. Liebevolles, vielleicht etwas schlichtes Zuhause. Dann starb meine Mutter, als ich vierzehn war. Sie war Tänzerin, und während wir ein enges Verhältnis hatten, kannten mein Vater und ich uns kaum. Das änderte sich auch danach nicht groß, doch dafür gab es etwas anderes, das mich tröstete: das Kino. Ich sah einen Film nach dem anderen und fing an, mir Geschichten auszudenken.

Nach dem Abschluss hab ich mich bei ein paar Filmhochschulen beworben, eine in Portland nahm mich. Ich schrieb mehrere Drehbücher, allerdings ohne Erfolg. Die meisten meiner Ideen gab es schon. Meine Kollegen an der Uni und ich, wir haben nur unsere Helden zitiert, aber das Kino hatte sich totgelaufen zwischen den ewig gleichen Indie-Filmen und diesem Superheldenmist. Oft hab ich mir vorgestellt, wie es wäre, früher geboren zu sein und die Pionierzeit des New Hollywood miterlebt zu haben, als Coppola, Lucas, Scorsese, Kubrick und all die anderen das Kino für immer veränderten.

Kurzum: Ich war ein hoffnungsloser Nostalgiker.

Während des Studiums arbeitete ich erfolglos an ein paar Gangsterfilmen und Sozialdramen, gefühlt alles von meinen Idolen abgekupfert, und im Grunde konnte ich die Ablehnungen deshalb immer verstehen. Um nicht zu verhungern, arbeitete ich nebenher als Filmkritiker. Darin war ich gar nicht mal so übel. Ich begann, Interviews zu führen, schrieb als Ghostwriter die Biographien von Schauspielern und Stars – und nebenbei eine ironische Netzkolumne über mein Leben als Star-Wars-*Fan, die damals immer beliebter wurde. Schließlich erhielt ich von George Lucas' Agentin das Angebot, seine Biographie zu verfassen. Der große Lucas, der vielleicht wichtigste Filmemacher des vergangenen*

Jahrhunderts! Ich traf ihn damals mehrmals auf seiner Skywalker-Ranch.«

»Was ist das?«, fragte Winkler, der dieses seltsame Spiel zwar mitmachte, ihn aber immer wieder befremdet musterte.

»So nannte Lucas seine berühmte Festung«, sagte Brooks. *»Sein Rückzugsort. Er war immer ein scheuer, zurückhaltender Typ, der nicht gern im Mittelpunkt stand und mit dem Hype,* Star Wars *erfunden zu haben, nie ganz umgehen konnte. Wenn ihm Leute auf der Straße gesagt haben, dass sie seine Filme lieben, war es ihm immer ein bisschen unangenehm, Journalisten empfing er so gut wie nie. Als ich ihn das erste Mal traf, hatte ich feuchte Hände und konnte kaum atmen. Der große George Lucas redete mit mir! Der jahrzehntelange Herrscher über das größte Film-Imperium aller Zeiten! Und nicht nur das, er war auch noch richtig liebenswert, öffnete seine Archive, gewährte mir einzigartige Einblicke in seine Unterlagen. Ich war damals Ende zwanzig, und seine Biographie zu schreiben war mein Durchbruch.*

Die nächsten Monate wühlte ich mich durch sein Leben. Mich hat dabei am meisten erstaunt, wie zufällig Star Wars *entstanden ist. George Lucas hatte zwar immer eine Space Opera geplant, doch die ersten Drehbuchentwürfe sind haarsträubend, bei-*

nahe lächerlich. Er wusste zum Beispiel lange Zeit selbst nicht, was die Macht ist. In seinen ersten Ideen speiste sie sich aus einem Kristall, die helle Seite hieß Ashla, die dunkle Seite Bogan. Die wirre Handlung hatte fast nichts mit der späteren Geschichte zu tun, auch die Hauptfiguren waren völlig anders; Han Solo ein grünhäutiges Alien, Luke Skywalker ein alter Mann oder zwischendurch weiblich, Darth Vader ein normaler General. Wissen Sie, wie er zum Beispiel auf die ikonische schwarze Maske kam?«

»Wie?«

»Sein Designer Ralph McQuarrie hatte die Vorstellung, dass Vader gerade aus dem Weltraum kam, und ihm eine dunkle Sauerstoffmaske verpasst. Und der berühmte Vater-Sohn-Konflikt? Könnte auch aus Jack-Kirby-Comics stammen, in denen der Held Orion der Sohn des dunkelgekleideten Tyrannen Darkseid ist. Interessanter Name übrigens … Bei meiner Recherche wurde mir also immer klarer, auf wie vielen Zufällen das berühmteste Franchise aller Zeiten basierte.

Kann sein, dass ich das in meiner Biographie zu stark herausarbeitete. Jedenfalls erhielt ich auf meinen ersten Entwurf wochenlang keine Antwort von Lucas' Büro. Und dann, mit einem simplen Brief, feuerte man mich.

Ich versuchte mehrmals, ihn telefonisch zu erreichen, erfolglos, und in meiner Verzweiflung fuhr ich schließlich noch ein letztes Mal zur Skywalker-Ranch.

›Mr. Lucas, bitte!‹, rief ich ihm zu. Er reagierte nicht. Die Freundlichkeit, mit der er mich noch vor Monaten empfangen hatte, war verschwunden. Ich kam näher und redete auf ihn ein, aber er hörte kaum hin.

›Ich brauche diesen Job‹, sagte ich immer wieder. ›Ich kann auch alles umschreiben, sagen Sie mir einfach nur, was!‹

Lucas reagierte nicht, es war ihm unangenehm, und dann führte mich auch schon sein Wachpersonal weg. Er selbst sah mir hinterher wie ein König, der leicht irritiert, aber auch nicht unglücklich zusieht, wie ein betrunkener Bettler aus seinem Palast geschafft wird.

Was ich bekam, war ein letzter mickriger Scheck, der kaum die Ausgaben deckte, die ich in den vergangenen Monaten gehabt hatte. Für Lucas' Biographie hatte ich mehrere lukrative Interviews abgesagt und meinen Job bei der Zeitung gekündigt, und nun waren neue Kollegen am Werk. Ich war raus, finanziell am Ende, und steigerte mich in einen kindischen Hass auf George Lucas hinein. Jahre später dämmerte mir, dass die Biographie vielleicht auch einfach schlecht geschrieben war oder dass er nach seinem plötzlichen Disney-Verkauf die Öffentlichkeit meiden wollte; dass es also gar nicht an mir lag.

Aber damals gab ich ihm persönlich Schuld.

Ich wurde darüber so verbittert, dass meine Freundin sich von mir trennte. Sie war es leid, mit einem ewigen Jugendlichen und erfolglosen Film-Nerd zusammen zu sein. Umso besser, so hatte ich endlich mehr Zeit für mein Hobby: stundenlang vor dem Rechner sitzen und Hasskommentare verfassen, dass George Lucas gar nicht der wahre Schöpfer von Star Wars *sei, sondern einfach nur das Glück hatte, zur richtigen Zeit am richtigen Ort zu sein. Doch wie auch immer: Ich lebte nun mal in einer Welt, in der George der Größte war und ich ein Niemand.*

Irgendwann war ich dann so pleite, dass ich wieder zu meinem Vater ziehen musste. Mit neunundzwanzig, können Sie sich das vorstellen? Ich war … Wieso lachen Sie?«

»Tut mir leid«, sagte Winkler. »Aber ich bin wirklich beeindruckt, wie sehr Sie in Ihrer Rolle sind. Wie viel Sie über diesen George Lucas recherchiert haben, wie sehr Sie sich ereifern. Es wirkt beinahe echt, wie Sie von ihm reden.«

»Es ist echt. Sie haben keine Ahnung, wie berühmt dieser Mann war. Später auch berüchtigt.

Aber um fortzufahren: Bei meinem Vater zu leben war für mich die ultimative Demütigung. Wir hatten uns noch immer so wenig zu sagen wie nach dem Tod meiner Mutter. Nur einmal stellte er sich vor mich und warf mir einen festen Blick zu. Ich dachte, jetzt kommt die große Aussprache oder so, aber er sagte nur: ›Such dir einen Job, sonst kannst du hier nicht bleiben!‹ … Und das war's. Also nahm ich die erstbeste Stelle, die ich finden konnte – Pizzabote –, und schrieb daneben wieder belanglose Drehbücher. Innerlich hatte ich mich aber längst damit abgefunden, dass ich es in meinem Leben wohl zu eher wenig bis gar nichts bringen würde. Tja, bis eines Tages diese eigenartige Bestellung reinkam, die alles verändern sollte.«

Er machte eine Kunstpause, Winkler sah ihn gespannt an. Das war es, was Brooks schon als Junge an Geschichten fasziniert hatte: Egal, wie verrückt, es gab immer einen Punkt, an dem man die Leute beim Erzählen am Haken hatte.

»Ich sollte zweimal Pizza Salami in die Regent Street bringen«, sagte er. *»Ein altes Fabrikgebäude im Zentrum. Bei der Bestellung gab es einen kuriosen Hinweis: Ich solle den Aufzug nehmen und in den dritten Stock fahren, aber – und das war unterstrichen – auf keinen Fall den Knopf darüber drücken.*

Ich fand diesen Hinweis so bescheuert, dass ich sogar ziemlich guter Laune war. Ich wollte unbedingt den Besteller fragen, was er sich dabei gedacht hatte. Als ich dann bei der Fabrik ankam, schien es jedoch so, als wäre sie verlassen, zwei Scheiben waren eingeschlagen. Erst da verfluchte ich mich, dass ich nicht früher draufgekommen war, dass man mich verarscht hatte. Vermutlich der Streich von ein paar Jugendlichen. Doch die erste Regel der Pizzafirma lautete: Immer klingeln. Ich nahm also die beiden Kartons und betrat die Fabrik. Da war tatsächlich ein Aufzug. Von weitem sah er defekt aus, aber als ich ihn betrat, schien er zu funktionieren, das Licht war an. Und jetzt kommt's: Er hatte tatsächlich fünf Knöpfe. Einen für Parterre, einen für den 1. Stock, einen für den 2. Stock, einen für den 3. Stock. Und dann noch einen viel größeren blauen Knopf darüber. Statt einem Stockwerk stand dort nur: ›1973‹. Daneben ein Schild: DAS DRÜCKEN DIESES KNOPFES KANN ZU ERHEBLICHEN PROBLEMEN IM RAUM-ZEIT-KONTINUUM FÜHREN UND SOLLTE DESHALB UNTERLASSEN WERDEN.«

»Sie haben ihn natürlich trotzdem gedrückt?«

»Und wie ich ihn gedrückt habe. Natürlich geschah erst mal gar nichts. Ich musste über die ganze Situation lachen und hab mich umgedreht, weil ich irgendwie das Gefühl hatte, dass mich jemand filmt.

Jetzt habt ihr's geschafft, *dachte ich*, der Trottel hat den Knopf wirklich gedrückt. *Doch bevor ich begriff, was geschah, ging plötzlich die Tür zu. Der Aufzug rumpelte und ruckelte, das Licht ging aus. Wieder Rumpeln. Ich rief ein paar Mal um Hilfe, erst wütend, dann doch ein wenig ängstlich. Nichts. Stille. Plötzlich gab es einen gewaltigen Ruck, danach presste es mich auf den Boden, als würde der Aufzug mit irrsinniger Geschwindigkeit durch die Decke schießen. Die Dunkelheit verschwamm zu gleißend hellem Licht, das wiederum in Finsternis überging. Ich kauerte am Boden und schloss die Augen. Ich glaube, so in etwa fühlt sich Sterben an – bis auf den Geruch nach Salamipizza vielleicht.*

Dann kam der Aufzug plötzlich zum Stehen. Das Licht ging wieder an. Ich richtete mich auf. Als Erstes stach mir ins Auge, dass nur noch vier Knöpfe auf der Leiste waren. Parterre, 1. Stock, 2. Stock, 3. Stock.

Der ominöse fünfte Knopf war verschwunden.

Die Tür sprang auf, und ich stellte verwundert fest, dass das gesamte Gebäude renoviert worden war. Offenbar eine Krawattenfabrik. Die Leute sahen mich ziemlich befremdet an, wie ich da verängstigt und mit zwei Salamipizzen ins Foyer kam. Doch genauso fremd wirkten sie wiederum auf mich. Die Klamotten, die Haare, die Inneneinrich-

tung: alles auf siebziger Jahre gemacht, so, wie ich es aus Filmen kannte. Ich war mir jetzt ziemlich sicher, bei einer Fernsehshow zu sein, war allerdings auch erstaunt, wie schnell das Umräumen der Kulisse gegangen war. Also gut, *dachte ich,* ich spiele das alberne Spiel mal weiter mit.

Ohne mich umzusehen, trat ich nach draußen, wollte meine Überraschung nicht zeigen. Als ich im Freien war, blieb mir jedoch für ein paar Sekunden die Luft weg: Die ganze Gegend war verändert, mein Wagen verschwunden. Stattdessen standen da Oldtimer und daneben ein Haufen Jugendlicher, wieder in diesen unsäglichen Siebziger-Jahre-Klamotten. Für einen Sketch wirkte das langsam ziemlich real. Höllisch real. Ich beschloss, ein Taxi zu nehmen und heim zu meinem Vater zu fahren. Doch das Haus war noch nicht mal gebaut. Schließlich nahm ich mir ein Hotelzimmer. Ich betrank mich und warf mich aufs Bett. Alles in der festen Hoffnung, dass ich, wenn ich aufwachte, wieder in der Gegenwart war. Aber keine Chance.

Es blieb das verdammte Jahr 1973.

Ich versuchte in den folgenden Tagen, mit dem Aufzug in die Zukunft zu reisen, doch ohne den fünften Knopf funktionierte es nicht. Sie müssen sich mal meine Situation vorstellen, das alles sprengte schier meinen Schädel. Aus Verzweiflung hämmerte ich gegen die Liftwand, bis jemand in der Krawattenfabrik die Polizei rief und ich festgenommen wurde. Und zugegeben, betrunken war ich vielleicht auch. Die staunten auf dem Revier jedenfalls nicht schlecht, als sie feststellten, dass es mich offiziell gar nicht gab. Meinen echten Ausweis aus der Zukunft hielten sie für gefälscht und lachten über das Geburtsdatum. Aber wenn ich nicht ich war, wer zur Hölle war ich dann?

Ich improvisierte schließlich irgendeine hanebüchene Geschichte mit einer drogensüchtigen Mutter und dass ich auf der Straße aufgewachsen sei; dass ich noch nie einen Pass besessen hätte und mich aus Scham nie gemeldet hätte. Der ganze David-Copperfield-Mist eben, den Sie nun als meine Biographie kennen. Es ging hin und her, aber schließlich bekam ich doch noch neue Papiere. Ich trat ins Freie, war aber noch immer gefangen in diesem verfluchten 1973. Realistisch betrachtet gab es nur drei Möglichkeiten. Entweder ich war verrückt geworden. Oder ich war im Jenseits bzw. im Wachkoma. Oder ich war mit dem Aufzug wirklich *in der Vergangenheit gelandet. Vielleicht aber auch alles zusammen. Jedenfalls war ich in einem ziemlich abgefuckten San Francisco zur Nixon-Zeit gelandet, ohne Freunde, ohne Verwandte, meine El-*

tern kannten sich ja noch nicht mal. Ich war auf eine Weise frei, die ich mir nie hätte träumen lassen.

Die ersten Wochen war ich noch wie paralysiert, lebte dumpf in den Tag hinein, jobbte in Bars und wollte das alles einfach nicht akzeptieren. Doch nach und nach gewöhnte ich mich an meine neue Realität. Meine Haare wurden länger, ich trug Schlaghosen und bunte Hemden, die ich plötzlich gar nicht mehr so hässlich fand, und schließlich bekam ich sogar einen Job in der Krawattenfabrik, wo man mir den Ausraster im Aufzug verzieh. Ich arbeitete im Vertrieb, fuhr jeden Tag ins Büro, verstand mich sogar ganz gut mit den Kollegen. Um ehrlich zu sein: Ich war hier viel weniger ein Loser als in der Zukunft, manchmal vielleicht sogar ganz glücklich. Anfangs überprüfte ich noch jeden Tag die Knöpfe im Lift, später nicht mehr.

Und vielleicht wäre das alles immer so weitergegangen, tagein, tagaus, wenn wir nicht eines Tages einen neuen Kollegen aus Vermont bekommen hätten, der Luke Bradshaw hieß. Ziemlich lustiger Typ, wir verstanden uns sofort. Normalerweise bin ich niemand, der herumblödelt, aber er forderte es fast schon heraus. Und als er sagte, ich würde die gleichen scheußlichen Jacketts wie sein Vater tragen, nahm ich mir aus einer kindischen Laune heraus einen Kaffeebecher, ahmte ein Röcheln nach und sprach mit tiefer Stimme hinein: ›Nein, Luke, ich bin *dein Vater‹. Der lahmste Gag der Welt, okay, aber ich glaube, jeder hat ihn schon mal gemacht.*

Aber Luke kapierte ihn nicht.

Er grinste zwar höflich, doch ich sah, dass er nichts verstand. ›Was meinst du?‹, fragte er schließlich. Ich wollte es ihm schon sagen, da begriff ich: Ich lebte in einer Welt, in der es kein Star Wars *gab. Natürlich, es war schließlich erst Juni 1973, und es würde noch ganze vier Jahre dauern, bis der erste Teil ins Kino käme. So verrückt es klingt: Bis dahin war ich, vielleicht auch durch den Schock, gar nicht auf die Idee gekommen, Kapital aus meiner Herkunft zu schlagen. Danach aber konnte ich an nichts anderes mehr denken. Politische Entwicklungen, das Internet, Sportereignisse, Musikhits, Apple, Google. Ich war gesegnet mit einem Wissen, mit dem nur ein absoluter Vollidiot nicht zu einem der reichsten Männer des Planeten aufsteigen würde.*

Ich war jedoch kein Weltenretter. Ich wusste zum einen, dass kein nuklearer Erstschlag verhindert werden musste, und zum anderen war ich politisch sowieso nie interessiert. Alles, was mich seit frühester Kindheit begeistert hatte, waren Filme. Und jetzt konnte ich die Klassiker machen, die ich selbst geliebt hatte, und zwar noch bevor die ursprünglichen Filmemacher sie machten. Ich war im fucking

El Dorado. Oder anders gesagt: In der Zukunft war ich vielleicht nur ein mittelmäßiger Abschreiber, aber hier in der Vergangenheit konnte ich Pionier sein und der Größte werden. Ich musste nur schweigen können. Und bereit sein, meine Helden zu betrügen, einen nach dem andern.

Wie schon erwähnt, beschloss ich von Anfang an, so wenig wie möglich ins Zeitgeschehen einzugreifen. Wir alle haben vom Butterfly-Effekt gehört, und ich wollte nicht riskieren, dass aufgrund meines Eingreifens fünf Jahre später doch noch eine Atomrakete losging oder meine Eltern sich nicht kennenlernten. Und obwohl ich durch Star Wars *auf die Idee kam, in der Vergangenheit ein kleiner Gott zu sein, schien es mir im ersten Moment unmöglich, selbst dieses riesige Franchise zu gründen.*

Stattdessen wollte ich zunächst einen der bekannten Vietnamfilme nach- bzw. vordrehen, da die aufgeladene politische Situation danach verlangte. Es gab jedoch zwei Probleme. Zum einen war ich in dieser Zeit noch ein Niemand und nicht mal auf der Filmhochschule gewesen, kannte demzufolge auch niemanden. Zum anderen hatte ich die meisten Vietnamfilme nur einmal in meiner Jugend gesehen und wusste vieles nicht mehr. Jeder kennt den Satz ›Ich liebe den Geruch von Napalm am Morgen‹, der würde immer funktionieren, aber wie ging es noch mal genau weiter? Ich verwarf diese Idee wieder und suchte nach was Neuem. Und dann kam im Hochsommer 1973 American Graffiti *raus. George Lucas' großer Durchbruch.*

Die Leute waren verrückt danach, die Autokinos voll, gerade hier in San Francisco. Immer wieder las ich Interviews mit ihm. Und in einem erzählte er auch von seinem ›kleinen Weltraumding‹, an dem er als Nächstes arbeiten wollte. Ich saß damals in meinem miefigen Büro in der Krawattenfabrik, und plötzlich kochte wieder die Wut in mir hoch. Wie ich von ihm als Biograph gefeuert und von seinem Anwesen geworfen worden war. Das Gefühl, dass er es nicht verdient hatte, für sein Zufallskonstrukt sein Leben lang so gefeiert zu werden.

Es war ein heißer Tag, ich machte früher Schluss und lief durch die schwüle Stadt. Ein kleines Weltraumding … *Anfangs wagte ich es nicht zu denken, aber irgendwann sah ich es deutlich vor mir. Ich selbst könnte der Typ sein, der* Star Wars *erfunden hat. Nicht Lucas, sondern* ich. *Schließlich wusste ich ja, dass er jetzt, im Jahr 1973, noch nicht viel mehr hatte als absurde erste Drehbuchentwürfe. Er war noch meilenweit von der späteren Kinofassung entfernt, noch könnte ich ihn überholen. Ich musste nur mit der gleichen Idee schneller sein.*

Die Rechnung war also einfach. Beide hatten wir vier Jahre Zeit, diesen Film bis zum Frühjahr 1977 auf die Beine zu stellen.

Georges Vorteil: Er war bestens vernetzt, galt als Regisseur der Stunde, war mit Coppola und Spielberg befreundet und der wahre Schöpfer dieses Universums. Ich selbst hingegen kannte gar niemanden und hatte kein Geld.

Aber dafür hatte ich einen nicht unerheblichen Vorteil: Im Gegensatz zu ihm hatte ich bereits den fertigen Film gesehen.

Dieser Gedanke war so verrückt, so berauschend, dass ich ihn immer wieder abtat, doch ich kannte ja speziell die erste Trilogie in- und auswendig, fast jeden Dialog. Natürlich meldete sich damals auch mein Gewissen: Was würde dann aus George Lucas werden, konnte ich ihn einfach so bestehlen? Seinetwegen war ich zwar in der Zukunft pleite und depressiv gewesen, aber trotzdem – ihm deshalb gleich sein ganzes Franchise wegnehmen? Andererseits war ja auch er nur ein Dieb, wer wusste das besser als ich, der monatelang seine Archive studiert hatte. Star Wars *war und ist nichts anderes als eine Best-of-Compilation aus bereits bestehenden Filmen und Romanen, ein bisschen Kurosawa,* Flash Gordon, Herr der Ringe *und Bücher über Mythen. Einen*

Spruch aus Der kleine Hobbit *hatte er in einem seiner Drehbuchentwürfe sogar wortwörtlich Obi-Wan in den Mund gelegt, allerdings musste er ihn wegen der großen Bekanntheit des Buchs nach Tolkiens Tod wieder rausnehmen. Lucas hat nie einen Hehl daraus gemacht, dass er sich da überall bedient hat. Sein Punkt war immer: All das gab es eben noch nie auf der Leinwand, in einem* einzigen *Film. Der Erste, der das versuchte, würde ein Held sein. Der Zweite bereits ein Idiot. Ich musste also dringend vor ihm drankommen, damit er beim Wettlauf zum Südpol nicht mehr Amundsen wäre, sondern Scott. Außerdem hatte er ja noch immer seinen* Indiana Jones, *redete ich mir ein.«*

»Seinen was?«, fragte Winkler.

»Komme ich noch dazu. Bevor ich mich an die Arbeit machte, brauchte ich jedenfalls dringend Geld. Die Zeit lief, schon damals geisterte seine Idee ja unter dem Namen The Star Wars *durch die Studios, ein Treatment lag bereits bei* Universal. *Um auf der sicheren Seite zu sein, schrieb ich den ganzen restlichen Sommer und Herbst 1973 mein eigenes Drehbuch zu* Star Wars. *So originalgetreu wie möglich. Und dann schickte ich es an unzählige Agenturen und Studios. Natürlich gab es nur Absagen, ganz selten geringfügiges Interesse. Science-Fiction war damals tot, trotz* Planet der Affen *und*

2001. *Niemand wollte so viel Geld in die Hand nehmen, das für die Effekte aber dringend benötigt wurde. Mit diesem Rückschlag hatte ich gerechnet, er war mir aber egal, denn so würde ich bezeugen können, dass mir bereits im Jahr 1973 die Idee zu* Star Wars *gekommen war, ohne dass ich Lucas je begegnet war.*

Als Nächstes begann ich, angebliche erste Skizzen zu zeichnen. Darth Vader hier, Wookies dort, aber auch mal einen ersten Entwurf für den Todesstern oder den Millenium Falken. Bald war ich bei meinen Arbeitskollegen als der Spinner bekannt, der in den Pausen Sturmtruppen und Lichtschwerter zeichnete. Gut so. Je mehr sie mich als Nerd kannten, desto besser. Ich erzählte immer wieder Details und dass ich an einer Weltraumsaga arbeiten würde. ›Wie Star Trek*‹, sagte ich, wenn mich die Leute verständnislos ansahen.*

Leider bekam George von meiner Arbeit nichts mit. Hätte er bereits damals von meinem ausgefeilten Drehbuch gehört, hätte er seine eigene Idee vielleicht entmutigt aufgegeben oder zumindest radikal umgeschrieben und verfremdet. Aber nach dem riesigen Erfolg mit American Graffiti *hatte er gerade einen erheblichen Vorschuss für Drehbuch und Regie zu* The Star Wars *bekommen und machte sich ebenfalls sofort an die Arbeit. Und tatsächlich hat ihm auch in den folgenden Monaten niemand von einem der Studios gesagt: ›Hey, George, da gibt es noch so einen Typen, Adrian Brooks, der schreibt an etwas ganz Ähnlichem, er verwendet sogar teilweise die gleichen Namen.‹ Das Problem war also, dass Lucas sich nun mit jeder Fassung und jedem Monat meinem Drehbuch weiter annähern würde. Ich brauchte dringend Geld, um endlich die Finanzierung anzuleiern und mein eigenes Filmstudio zu gründen. Mein Glück war, dass ich ein paar Sportereignisse einigermaßen drauf hatte. Ich wusste zum Beispiel, dass die Oakland A's im Baseball die World-Series gewinnen würden, wettete mehrmals richtig und kam so auf ein erstes Startkapital.«*

Winkler musste grinsen. »Erinnert mich an einen Film von Ihnen. *Zurück in die Zukunft II*, der Almanach mit den Sportwetten.«

»Daher hab ich die Idee auch vermutlich«, sagte Brooks eher nachdenklich und ohne zu lächeln. *»Nur dass es ursprünglich nicht mein Film war, sondern der von Robert Zemeckis. Wie auch immer, ich hatte also eine stattliche Summe beisammen, aber natürlich nicht genug, um* Star Wars *zu drehen. Deshalb gründete ich zuerst die Firma* B-Movies *und finanzierte Filme mit, die im Jahr 1974 große Erfolge werden würden, darunter auch* Frankenstein Junior, Der wilde wilde Westen, Flammen-

des Inferno *und* Chinatown. *Ich lag immer richtig, und es war ein Leichtes, da einzusteigen, denn Geld wurde immer gebraucht, das waren ja alles keine sicheren Hits. Viele kämpften bei der Produktion mit finanziellen Problemen und suchten händeringend nach einem Investor. Ich ließ mir immer Gewinnbeteiligungen geben, und speziell mit* Flammendes Inferno *wurde ich reich. Neunzigtausend Dollar reingesteckt und ein Vermögen rausbekommen. Ende 1974 hatte meine Firma durch mein Geheimwissen bereits einige Millionen Kapital. Ich war ein Hot Shot in der Branche, gerade einunddreißig geworden, und ich weiß nicht, was Sie getan hätten, aber ich kostete das aus.*

Fast täglich fuhr ich mit meinem Dodge auf irgendeine Party in den Hollywood Hills oder im Laurel Canyon, ich sah die wildesten Exzesse von Künstlern, Autoren und Musikern, machte erst große Augen, nahm dann selbst daran teil oder schoss mich auf Trips, die noch verrückter waren als die Filme, die ich machen wollte. Diese Nächte waren maßlos, sie waren in Zigarrenqualm gehüllt und schmeckten nach herrlichem Scotch, und ständig erzählte dir irgendein Freak von seiner neuesten Filmidee und dem todsicheren next big thing. *Es gab damals ja noch keine klassischen Blockbuster, ein* Taxi Driver *konnte genauso erfolgreich sein wie ein riesiger Studiofilm. Das New Hollywood brach gerade die schwerfälligen alten Strukturen des Kinos auf, das Land war zermürbt vom Krieg, und die Leute feierten, um zu vergessen. Ich traf auf diesen Partys viele meiner alten Helden, als sie noch jung und ungestüm waren, als sie wie lausige Schwindler wirkten und meist selbst keine Ahnung hatten, wo das alles hinführen würde. Umwerfende Schönheiten, die ich früher in Klassikern bewundert hatte, fuhren mir nun durchs Haar und flirteten mit mir, wir feierten und vögelten, während im Hintergrund The Band spielte, die Korken knallten, die Lines gezogen wurden und die Leute abwechselnd in den Pool sprangen oder diskutierten, wie sie die Welt verändern würden. Gatsby war ein Scheißdreck dagegen.*

George Lucas fehlte auf den meisten Festen. Er war ein Abstinenzler; keine Drogen, kein Alkohol, nicht mal Zigaretten. Lieber arbeitete er unbeirrt weiter an seiner zweiten Skriptfassung, nannte die dunkle Seite der Macht noch immer Bogan und seine Hauptfigur Annikin Starkiller. Aber so langsam wurde es eng, denn er kam auf den richtigen Weg.

Mein Plan bestand nun darin, ihm nach und nach die Schlüsselfiguren für seinen Triumph abzujagen. Das waren für mich vier Leute: Ralph McQuarrie, der Designer, der den Film mit seinen Visionen der

Droiden und der Figuren und Sets erst zum Leben erweckte. Charley Lippincott, der das tote Science-Fiction-Genre durch eine geniale Untergrund-Kampagne bei Jugendlichen und Nerds wieder ankurbelte. Steven Spielberg, den ich als Regisseur wollte. Und über ihn als Vierten John Williams, der die Musik machte. ›Der Sauerstoff der Star-Wars-*Filme‹, wie man sagte. Diese vier brauchte ich. Darüber hinaus wollte ich Lucas endgültig ausschalten, indem ich auf einer Party mit ihm gesehen wurde, wie ich in seinem Beisein von meinem geplanten Weltraumfilm erzählte. Ich suchte die baldige Konfrontation, je schneller, desto mehr war ich im Vorteil.*

Durch meine Produzentenerfolge bekam ich ein erstes Interview im San Francisco Chronicle, *in dem ich umgehend von besagtem Film erzählte und dass ich mir in meiner Kindheit auf der Straße immer vorgestellt hatte, in den Weltraum zu entfliehen und dort Abenteuer zu erleben. Ich gab auch schon ziemlich explizit über Darth Vader und das Konzept der Macht und der Jedi Auskunft.* Take that, George! *Dieses Interview vom 26. November 1974 war es auch, das mich später vor Gericht fast immun gegen Lucas' Anschuldigungen machte. Ja, wir hatten nachweislich ähnliche oder sogar gleiche*

Namen, aber viele davon geisterten bei ihm noch verfremdet im Kopf herum, bei mir jedoch in ihrer endgültigen Version und noch dazu schwarz auf weiß.

Mein erster Kontakt war dann Steven Spielberg. Er galt damals schon als ausgesprochenes Talent, sein Film Duell *war ein erster Achtungserfolg. Trotzdem stand ihm der ganz große Durchbruch noch bevor. Gerade drehte er* Der Weiße Hai, *kein sicherer Treffer, auch ein trashiges B-Movie schien möglich. Mein Glück war, dass der Dreh alles andere als glatt lief. Statt der angesetzten 52 dauerte er 155 Tage, und sie bekamen einfach nicht den mechanischen Hai hin. In meiner alten Realität war das ja die Rettung des Films, weil Steven dadurch gezwungen war, den Hai so gut wie nie zu zeigen, was ihn besonders gruselig machte. Doch das wusste er erst hinterher, und so spekulierte ich darauf, dass er in der jetzigen Phase nichts lieber tun würde, als diesen verdammten mechanischen Hai richtig zu zeigen.*

Das Budget war komplett aufgebraucht, als ich anbot, den Film mitzufinanzieren, gegen eine geringe Gewinnbeteiligung, einfach, weil ich an ihn als jungen Regisseur glauben würde und seit Duell *und* Sugarland Express *ein großer Fan sei. Steven willigte sofort ein, war natürlich auch geschmei-*

chelt. Ich hingegen hatte Angst, durch diesen Deal alles umzuschreiben und den ersten Sommer-Blockbuster der Kinogeschichte zu verhindern. Doch der Film wurde auch in seiner veränderten Version ein riesiger Erfolg – obwohl der Hai nun öfter zu sehen war. Es spielte am Ende einfach gar keine Rolle, Hai oder kein Hai, den Leuten war's egal.

Nach und nach freundete ich mich mit Steven an, im Erfolg ging das natürlich leicht. Wir trafen uns oft zum Lunch, und selbstverständlich war ich auch bereit, seinen nächsten Film mitzufinanzieren. Um diesen Dreh rum erzählte ich ihm dann auch von meiner Weltraumidee und dass ich da noch einen Regisseur suchen würde. Ich schickte ihm mein Drehbuch. Steven las es, und als wir uns das nächste Mal sahen, wusste ich, dass da etwas gründlich schiefgegangen war. Er wirkte mit einem Mal sehr, sehr ernst, fast feindselig.

›Kennst du George?‹, fragte er.

Ich verneinte.

›George Lucas?‹, hakte er nach.

Jetzt spielte ich den arglos Wissenden. ›Ach klar, American Graffiti. Wieso?‹

›Es ist verrückt, aber er sitzt da an etwas verblüffend Ähnlichem, ihr müsst euch wirklich mal kennenlernen.‹

Ich spürte, wie es mir heißkalt den Rücken her-

unterlief. Als wäre ich gerade beim Lügen erwischt worden. Doch ich musste cool bleiben, denn in dieser Welt konnte ich schließlich kein Lügner sein – es war zumindest unmöglich, mich zu überführen.

›Gibt's nicht‹, sagte ich nur.

Steven beschloss, mich zu einer Party einzuladen, zu der ausnahmsweise auch George kommen würde. Den ganzen Tag war ich nervös. Alle würden da sein, auch Leute wie Brian de Palma, der charismatische Francis Ford Coppola und andere zukünftige Opfer von mir. Sie hatten keine Ahnung, wen sie sich da ins Haus geholt hatten.

Gegen neun stand ich mit einem Drink auf der Veranda und beobachtete, wie die Leute im Garten leidenschaftlich diskutierten. Ein schönes Bild, das mich sofort beruhigte, denn wenn es je diese sogenannte Traumfabrik *gab, dann in diesen Nächten. Inzwischen genoss ich wie gesagt einen gewissen Ruf und hatte gerade* Einer flog übers Kuckucksnest *finanziert. Als Erster kam denn auch direkt Jack auf mich zu und umarmte mich, er hatte sich allerdings gerade weggeschossen und beschrieb erst mal minutenlang einen indischen Teppich, den er sich zulegen wollte. Ich schielte ständig rüber zu Steven, der mit George etwas abseits stand. Immer wieder blickten sie zu mir. Schließlich überließ ich Jack einer jungen Schauspielerin und ging zu ihnen.*

Die Stimmung war frostig, gelinde gesagt. Ich hatte unterschätzt, wie gut die beiden befreundet waren und wie weit George mit seinem Drehbuch schon gekommen war. Er lag zwar noch eine Fassung hinter mir zurück, aber es musste für Steven offensichtlich sein, dass hier zweimal der gleiche Film gemacht werden sollte.

Als ich direkt vor George stand, war ich erstaunt, wie jung er war. Ein bärtiger, ausgezehrter Typ, kurz vor seinem größten Erfolg. Dieser Mann hatte noch den ultimativen Hunger, sich zu beweisen. Er nannte das Schreiben eines Drehbuchs bluten, *und in diesem Jahr hatte er heftigst geblutet. Alles im zwingenden Gefühl, bald Kinogeschichte zu schreiben. Und nun, kurz vor dem Ziel, tauchte aus dem Nichts ein junger Produzent auf, der gerade mit der fast identischen Idee zum Überholen ansetzte.*

Was an George auffiel, war, dass er damals ebenso schüchtern und zurückhaltend war wie Jahrzehnte später auf der Skywalker-Ranch. Er sah mir nicht richtig in die Augen, dennoch fühlte ich mich von ihm die ganze Zeit beobachtet.

›Ich hab ihm von deinem Drehbuch erzählt‹, sagte Steven.

›Oh‹, sagte ich.

›Wie gesagt, George schreibt seit Jahren an einem

ähnlichen Stoff, und wir fragen uns gerade, wie es sein kann, dass ihr teilweise sogar fast identische Namen habt.‹

Kurzer Einschub: Natürlich hatte ich überlegt, alle Namen zu ändern. Aber ich wollte nicht. Man stelle sich vor, Darth Vader hätte anders geheißen. Oder das Franchise nicht Star Wars. *Viel schlimmer als die Vorstellung, Lucas sein Baby wegzunehmen, wäre für mich die Vorstellung gewesen, es mir selbst als Fan wegzunehmen und zu verfremden. Ich setzte deshalb alles auf eine Karte.*

›Das musst du genauer erklären‹, sagte ich nur.

Steven schilderte Georges letzte Fassung und zeigte die Parallelen auf. Ich gab mich schockiert, erwähnte meinerseits aber beharrlich mein Interview im Chronicle *und dieses Märchen, dass ich die Idee bereits als Kind hatte, das auf der Straße aufwuchs und so weiter. Erstaunlich, wie sehr diese romantische Anekdote bei vielen wirkte. Und jetzt kommt's: Während Spielberg wie später auch das Gericht von der Tatsache dieses Interviews überrascht war und hin- und hergerissen schien, durchschaute mich Lucas sofort. Ich weiß nicht, wie er es gemacht hat, ob es einfach die instinktive Sicherheit war, die nur der wahre Schöpfer haben konnte, aber er sah mich plötzlich schief an und zischte: ›Du hast meine Idee gestohlen.‹*

Für einen Moment war es still. Steven sah verlegen zwischen uns beiden hin und her. ›George, das kannst du doch nicht wissen.‹

Doch er zeigte nun sogar mit dem Finger auf mich und wiederholte es. ›Er hat meine Idee gestohlen.‹

Ich brauchte kurz, um mich zu erholen. Ich durfte auf keinen Fall zeigen, dass er mich erwischt hatte. ›Keine Ahnung, wie du darauf kommst‹, sagte ich kühl. ›Aber ich wundere mich meinerseits, woher du *all diese Ideen hast. Ich habe mein Drehbuch nämlich schon vor zwei Jahren an verschiedene Studios geschickt, das wird sich leicht überprüfen lassen. Und seit ich ein Kind bin, zeichne ich das hier …‹*

Ich holte einen Block hervor, darin einige Skizzen von Darth Vader. Das war mein wahrer Geniestreich. Die Entstehung des Looks der Figur war nämlich wie gesagt Zufall und kam nicht von George selbst, sondern vom Designer McQuarrie. Als ich nun also die Skizzen des Bösewichts vorzeigte, mitten auf dieser Hollywood-Party mit Livemusik von Isaac Hayes, da war selbst der große Schöpfer von Star Wars *für eine Sekunde wieder ein Kind und wirklich angetan. Und wie konnte es auch anders sein, schließlich sah er nach so vielen Jahren des Brütens seinen Bösewicht endlich so, wie ihn später die ganze Welt sehen sollte. Er begriff die Genialität des Entwurfs sofort und schwieg sekundenlang ergriffen. Viel wichtiger war aber, dass ich damit Spielberg überzeugt hatte. Er war dabei, als die schwarze, röchelnde Ikone zum ersten Mal das Licht der Welt erblickte, und der Zeichner war ganz klar der junge Produzent und Autor Adrian Brooks und nicht sein Kumpel George Lucas. Damit war zumindest für Steven die Sache entschieden, das sah ich. Was ich unterschätzte, war, dass er sich durch den späteren Prozess zwischen George und mir entscheiden musste. Seine Wahl fiel wie zu erwarten auf mich, und das würde noch Folgen haben, gute wie schlechte.*

Nachdem George sich also von dem Vader-Schock erholt hatte, starrte er mich lange Zeit an, diesmal direkt in die Augen. Das einzige Mal überhaupt, wenn ich mich recht erinnere.

Und dann sagte er: ›Also gut, ich verklag dich!‹

Noch bevor ihn jemand aufhalten konnte, verschwand er. Das kam mir jedoch gelegen, denn so konnte ich Steven in den folgenden Stunden von meiner Aufrichtigkeit und Unschuld überzeugen und ihm nebenbei meine Vision für den Film erzählen, die tollen Effekte, mit denen ich das Kino revolutionieren wollte, die Rückkehr des Abenteuerfilms. Und er sollte der Regisseur sein. Das Problem war nur, dass er unbedingt Unheimliche Begegnung der dritten Art *drehen wollte, für den er auch das Drehbuch schrieb. Das Thema ›Außerirdische auf der Erde‹ war in den Siebzigern auf dem Höhepunkt, überall Ufos und dieser Kram, und Steven war ganz vernarrt in diese Sache. Es sollte mich Monate kosten, ihm das alles auszureden.*

Wir tranken brüderlich und redeten bis in die frühen Morgenstunden, und nie werde ich vergessen, wie ich damals in der Dämmerung an meinem Drink nippte und runter ins Tal blickte, das von der Sonne wachgeküsst wurde, und wie ich auf einmal begriff, dass ich es tatsächlich schaffen würde. Ich *würde der Mann sein, der das ganze Franchise stemmt,* ich *würde in die Filmgeschichte eingehen.*

Meine Hand, die das Glas hielt, zitterte.

Ich sagte jedoch nichts, während Steven – inzwischen ernsthaft betrunken – mir nun wieder von dieser einen Sache vorschwärmte, die ihn wirklich beeindruckt hatte: dass ich als Einziger begriffen hätte, wie wichtig der funktionierende mechanische Hai für seinen Film gewesen sei. Das Teil hatte es ihm wirklich angetan, um es mal so zu sagen. Ich war mit ihm und meinen Plänen also auf einem guten Weg, aber erst mal musste ich mich vor Gericht verteidigen.

Kurzum: George Lucas bezichtigte mich offiziell des Diebstahls seiner Idee zum Film Star Wars. *Das war schon deshalb nicht ganz richtig, weil der Film in seiner damaligen Zwischenversion* The Adventures of Luke Starkiller as taken from the ›Journal of the Whills‹, Saga 1, Star Wars *hieß. Allerdings hatte er die Rechte wie gesagt ursprünglich unter dem schlichten Titel* The Star Wars *an Universal verkauft, und zwar schon 1972. Da war er definitiv vor mir dran. Doch in allen anderen Punkten konnte ich beweisen, dass ich zeitgleich oder sogar weit früher auf die gleichen Ideen gekommen war. Er hatte vielleicht auch einen Luke Skywalker, okay, aber das war ein alter Typ, und auch andere Dinge wie Lichtschwerter hießen bei ihm noch ›Lazerswords‹. Immer, wenn wir die gleiche Idee hatten, wirkte meine überzeugender und logischer.*

Sein Anwalt stürzte sich also auf die eine Sache, die bei mir schwammig war: meine Herkunft. Wer bitte war eigentlich dieser Typ, der bis zum Frühling 1973 nirgendwo aufgefallen war, ehe er im Lift einer Krawattenfabrik randalierte und dauernd schrie, dass er aus der Zukunft komme? Letzteres hatte ich übrigens ganz vergessen, ich war damals wie gesagt betrunken gewesen. Jedenfalls stellte mich Lucas' Anwalt als windigen Typen dar, der nie zur Schule gegangen und nirgendwo erfasst wor-

den war. Der sich vor dem Vietnamkrieg gedrückt hatte. Ein Schwindler und Betrüger, der seinem Mandanten schließlich auch die Idee seines Weltraumfilms gestohlen hatte.

Alles nicht schlecht, wie ich zugeben muss, aber erneut erzählte ich meine herzergreifende Geschichte vom unehelich gezeugten Straßenjungen, der sich in den Weltraum geträumt hatte. Ich machte aus meiner Mutter – damals hatte sie noch immer nicht meinen Vater getroffen – in meiner Not eine Junkie-Prostituierte, um das alles mal etwas drastischer zu gestalten, und aus mir einen verschüchterten Jungen, der aus Angst vor einem bestohlenen Zuhälter und Drogenboss Jahrzehnte im Untergrund gelebt hatte. Meine Geburt sei nie aktenkundig gewesen, einen Pass hätte ich deshalb nie besessen, mich dafür stets geschämt und erst mit Ende zwanzig Lesen und Schreiben gelernt. Die Geschworenen raunten mitleidig.

Arbeitskollegen aus der Krawattenfabrik schilderten mich danach als freundlichen Spinner, der in seiner Freizeit Todessterne und Raumschiffe und Lichtschwerter gezeichnet hätte. Mein Chef lobte mich ausdrücklich und bestätigte die Story, dass ich immer schon für diese Sachen geschwärmt hätte. Und dann kamen ja noch die ganzen berühmten Leute wie Miloš Forman, dem ich Einer flog übers

Kuckucksnest *finanziert hatte. Und auch Steven sagte auf meine Bitte hin aus, dass ich stets visionär gedacht und seinen* Weißen Hai *durch eine Finanzspritze unterstützt hätte. Er sagte am Ende tatsächlich so etwas wie: ›Ohne den funktionierenden mechanischen Hai wäre der Film vielleicht nie ein Erfolg gewesen.‹*

Und natürlich versuchten auch meine Anwälte, Lucas' Persönlichkeit ein paar Schattierungen zu verpassen. Uns kam gelegen, dass er durchaus etwas Hochstaplerhaftes hatte. In meiner Realität hatte er nach dem Erfolg von Star Wars *zum Beispiel geprahlt, gleich neun Teile geschrieben zu haben. Neun!«* Brooks lachte auf. *»Alles erfunden, das sah man schon an der Mühe, die ihn später das Schreiben der Prequels kostete. Und auch* Das Imperium schlägt zurück *hieß ursprünglich einfach nur* Star Wars II, *ehe er den Film kurz vor dem Start* Teil V *nannte. Eine Spielerei; Lucas gefiel schlicht die Idee, eine große Saga von der Mitte her zu erzählen.*

Ich versuchte im Prozess also, mit meinen präzisen Plänen über mögliche Fortsetzungen zu glänzen, während er in diesem Punkt eher schwammig blieb. Denn wissen Sie, was mich beim Schreiben seiner Biographie am meisten verblüfft hatte?«

Winkler sah ihn fragend an.

»Dass der große Lucas beim ersten Teil vermut-

lich selbst noch nicht wusste, dass Darth Vader der Vater von Luke Skywalker ist. Nichts deutete darauf hin, deshalb kommt diese Enthüllung im zweiten Teil auch so überraschend. Stattdessen war ihm dieser General Vader nie ganz geheuer, und er überlegte bei der Fortsetzung lange, wohin mit ihm. Ebenfalls unklar war ihm die Herkunft von Lukes Vater, der, wie im ersten Teil behauptet wurde, von Vader getötet worden war. Georges Rettung war dann die Lektüre von Joseph Campbells Der Heros in tausend Gestalten, *wo es hieß: ›Jede Reise des Helden ist eine Reise zu seinem Vater.‹ Und da machte es endlich Klick, und er löste seine zwei offenen Fragen – Wohin mit Vader? Wer war Lukes Dad? – auf die uns bekannte geniale Weise. Aber eben erst später.*

Ich dagegen konnte den Stammbaum der Skywalkers schon jetzt lückenlos zurückdatieren. Und auch wenn meine Enthüllung von Lukes Vater im Gerichtssaal keinen interessierte – bis auf George selbst natürlich, der große Augen machte –, schien ich aus Sicht der Geschworenen einfach das reifere, fertigere Konzept zu haben. Und so wurde gerade das, was Kreativität ausmacht und eigentlich Lucas' großer Vorteil war – das intuitive Ausprobieren und Verwerfen von Ideen und Szenen, die wirren Sprünge einer genialen Phantasie –, zu seinem Nachteil.

Ganz langsam legten wir in der Verteidigung den Hebel dann dahingehend um, dass mein Drehbuch bereits seit 1973 bei verschiedenen Filmstudios lag und ja auch jemand George von meiner *Idee erzählt haben könnte. Auch das hatte eine sichtbare Wirkung auf die Geschworenen. Und mal von allem abgesehen: Hatten nicht auch Leibniz und Newton gleichzeitig und unabhängig voneinander die Infinitesimalrechnung erfunden?*

Am Ende wurde ich einstimmig freigesprochen. Das Einzige, was man mir untersagte, war, den Titel Star Wars *zu verwenden.*

Als die Verhandlung vorbei war, schien Lucas ausgesprochen geknickt. Ich sehe ihn noch heute vor mir, wie er das Gerichtsgebäude verlässt und draußen auf dem Parkplatz mit seiner Frau und seinen Freunden konspirativ zusammensteht, darunter auch Francis Ford Coppola. Beide blickten kurz zu mir rüber und redeten dann weiter. Coppola wirkte jedoch nicht schlecht gelaunt. Denn man muss wissen: Der Prozess ging ja nicht um das berühmteste Franchise der Welt, sondern nur um einen mutmaßlichen Science-Fiction-Müll, den außer ein paar Teenagern wahrscheinlich sowieso niemand sehen wollte. So dachte man damals, und deshalb gab es auch keine großen Schlagzeilen. Später hörte ich von gemeinsamen Freunden, dass Coppola und de Palma sogar froh über den Ausgang des Prozesses waren. Damals galt ihr Freund George noch als echter und auch politischer Filmemacher, als ein Wunderkind, und beide hatten mit Argwohn beobachtet, dass er plötzlich jahrelang an einem Space-Fantasy-Märchen für Kinder arbeiten wollte, einem in ihren Augen todsicheren Flop. Nun aber musste er sein ›kleines Weltraumding‹ per Gerichtsbeschluss aufgeben und war somit endlich frei für den anderen Film, bei dem er immer schon Regie führen sollte.«

»Apocalypse Now?«, fragte Winkler.

»Genau. Im Original ein drogengeschwängertes Meisterwerk von Coppola.«

»Sie machen Witze.«

»Nein, wirklich. Lucas sollte ursprünglich tatsächlich der Regisseur sein, aber wegen Star Wars *gab er den Stoff schließlich an Coppola weiter. Und der war der Richtige, den Laden irgendwie zusammenzuhalten, all die Drogen und Ausschweifungen am Set, Martin Sheens Herzinfarkt, Brandos Sturheit, die Naturkatastrophen und Schwierigkeiten beim Dreh; irgendwie hat er es geschafft, da trotzdem ein anarchisches Meisterwerk hinzubekommen. George dagegen wollte aus irgendeinem Grund immer einen positiveren Film machen. Es*

war auch nie sein Ding, Schauspieler zu führen, er war mehr an der Technik interessiert, und nach dem verlorenen Prozess war er nicht gerade bester Laune. Und so kam es, wie es kommen musste: Der Film wurde ein vollkommenes Fiasko, das Lucas schließlich in den Ruin trieb. Das Projekt entglitt ihm total, die Schauspieler taten, was sie wollten. Er und Coppola hatten nach Zoetrope in den Sechzigern ihre zweite gemeinsame Firma gegründet, Coppola produzierte Apocalypse Now. Er steckte das ganze Vermögen, das er nach den Der-Pate-Filmen hatte, hinein, und als das aufgebraucht war, sprang George noch mit dem Geld von American Graffiti ein. Die Dreharbeiten sprengten jedoch weiter jedes Budget, George geriet immer wieder mit Brando aneinander, der schließlich absprang, und wie Coppola war auch er ständig auf der Suche nach Geld. Das war meine Chance. Denn noch immer hatte er etwas, das ich haben wollte.«

»Was?«

»Die Rechte am Filmtitel natürlich. Ich flog mit einem Anwalt zu ihm auf die Philippinen. Und war geschockt, was ich da sah. Zwar kannte ich die Legenden, die sich um diesen Dreh rankten, aber das Ausmaß des Chaos war verblüffend. Die gesamte Crew außer George war auf Drogen oder verwahrlost, er selbst hatte sich irgendeinen Virus eingefan-

gen, und es hieß, er sei seit Tagen nicht mehr aus dem Bungalow gekommen und habe einen Nervenzusammenbruch.

Ich fragte einen jungen Komparsen, ob er mir den Weg zeigen könne. Er war wie alle am Set sichtbar auf Pillen; seine Haare standen in alle Richtungen ab, er zuckte unablässig und wirkte verrückt wie eine Scheißhausratte. Aber immerhin führte er mich und meinen Anwalt zu Georges Bungalow.

Drinnen war es düster, alle Fenster mit Laken verhangen, ein bisschen wie im Film, als besuche man Colonel Kurtz. Ich war im Herz der Finsternis.

George erkannte mich erst nicht, doch als er es tat, richtete er sich auf. ›Teufel‹, sagte er und deutete auf mich. Ich übertreibe nicht, er hat mich wirklich so genannt. Auch ohne Drogen wirkte er wie von Sinnen, offenbar hatte ihn der Virus massiv geschwächt.

Ich schilderte ihm kühl, was ich von ihm wolle: Die Rechte am Filmtitel Star Wars. *Im Gegenzug würde ich* Apocalypse Now *mit einer halben Million Dollar unterstützen. George schrie und zeterte, er weigerte sich. Aber als Coppola von der Sache Wind bekam, kam er sofort vorbei. Obwohl er eine schwere Bronchitis hatte und beim Atmen rasselte, war er wegen der drohenden Pleite seit Tagen auf den Beinen, seine Haare waren lang, und er trug nichts als eine kanariengelbe Stoffhose.*

›Eine halbe Million, George‹, wiederholte er ständig. ›Und das nur für den Titel an diesem lächerlichen Kinderfilm, den sowieso niemand will.‹

›Natürlich wollen die Leute ihn.‹

›Vergiss es, nicht mal die Studios wollen ihn. Sieh es ein, es war ein Fehler.‹

›Es war kein Fehler.‹

So ging das ewig, beide stritten erbittert. Im Bungalow konnte man nur Coppolas schwarzen Bart und seine helmartige Frisur sehen, er stand da im Dunkeln und atmete keuchend und langsam, doch seine durch die Erkältung tiefe Stimme füllte den Raum. Mal drohend, dann wieder verständnisvoll oder mit kühnen Versprechen; auf alle möglichen Arten versuchte er, seinen Freund auf seine Seite zu ziehen: ›Komm schon, George, gemeinsam können wir das Ding hier noch umbiegen.‹

Lucas wälzte sich schwitzend auf dem Krankenlager, er wehrte sich und beschuldigte mich erneut des Diebstahls, aber irgendwann war er geistig und körperlich zu schwach. Er lag dort am Ende der Welt, elendskrank, im Wissen, Regie bei einem absoluten Fiasko zu führen, kurz vor dem Bankrott. Und da verlor schließlich auch er selbst den Glauben an Star Wars. *Ja, vielleicht war es wirklich nur ein Kinderfilm, muss er in diesem Moment gedacht haben, ein sicherer Flop. Alle anderen hatten recht, er hatte sich geirrt. Letztlich ließ er sich also überreden, und ich hatte den Titel. Heute würde ich sagen, dass dieser Moment sein Ende war. Bis dahin hatte George mit einer fast kindlichen Freude Filme gemacht, aber hier und jetzt war das Kind in ihm gestorben, und er hatte seine tiefste Überzeugung verraten.«*

Brooks schenkte Winkler und sich eine Coke Light ein. Seine Haushälterin klopfte und fragte, ob jemand Hunger habe, doch beide schüttelten den Kopf. »Und dann?«, fragte Winkler gespannt, als sie wieder allein waren.

»Konnte ich mich endlich an die Umsetzung machen.« Brooks nahm einen Schluck. *»Ich hatte schnell das gleiche Problem wie George auch:* Star Wars *sprengte einerseits sofort das Budget, anderseits glaubte tatsächlich niemand, dass dieser Film funktionieren würde. Und da beim Original so vieles auf Zufällen beruhte, war es unglaublich schwer, sie nun gezielt nachzustellen. Wissen Sie zum Beispiel noch, wieso Harrison Ford mitgespielt hat?«*

»Nein … Doch, halt, warten Sie: wegen der Tür, oder?«

»Richtig, die bekannte Anekdote mit der Tür.

Nur passierte sie ursprünglich nicht mir, sondern Fred Roos, der für American Graffiti *gecasted hatte und ein Freund von Lucas war. George wollte in* Star Wars *explizit keinen Schauspieler aus seinem vorherigen Film, und nicht nur deshalb war Ford raus. Denn vor allem galt seine Karriere damals als gescheitert, und er arbeitete wieder als Handwerker, um seine Familie zu ernähren. In dieser Funktion ließ ihn Fred Roos dann auch kommen, um – einer der berühmtesten Zufälle der Filmgeschichte – in genau jenem Gebäude eine Tür zu reparieren, in dem gerade das Casting für* Star Wars *stattfand. Und da brauchten sie wiederum zufällig noch jemanden, der den Bewerbern von Luke und Leia gegenübersaß und mit ihnen die Dialoge vortrug. Harrison tat es nur widerwillig und legte seinen Sprechpart, irgendeinen Han Solo, dementsprechend genervt und launisch an. Und dabei machte er sich so gut, dass er völlig überraschend für diese Rolle gecasted wurde.*

So weit die Originalgeschichte.

Als ich nun aber selbst Harrison ansprach und ihm die Rolle direkt anbot, ohne diese ganzen Zufälle, weigerte er sich. Er fand die Dialoge hölzern, die Namen albern und wollte in diesem kindischen Film nicht mitspielen. Er glaubte, es würde seinen Ruf beschädigen und er wäre danach end-

gültig weg vom Fenster. Völlig verrückt. Mehrmals hatte ich ihn gefragt, immer nur Absagen, und je hartnäckiger ich war, desto entschlossener verweigerte er sich. Es schien fast so, als könnte man ihn nicht direkt, sondern nur im Vorbeigehen für das Projekt kriegen.«

»Wie haben Sie es also gemacht?«

»Ganz einfach: Ich kopierte eins zu eins die Anekdote von Fred Roos. Ich sagte Harrison Ford ab, sollte er doch Schreiner bleiben, auch gut. Wochen später hatte ich jedoch – natürlich rein zufällig – eine kaputte Bürotür. Und am gleichen Tag noch ein allerletztes Casting … Um es kurz zu machen: Ford reparierte meine Tür, machte aushilfsweise beim Casting mit, und siehe da, plötzlich war er doch noch dabei. Aber irgendwie war es, als würde er den Braten riechen. Als wüsste er einerseits, dass es sein Schicksal war, in diesem verdammten Film mitzuspielen, und andererseits, dass irgendetwas nicht stimmte und der Zufall bewusst herbeigeführt worden war. Ich musste ihm am Ende eine überhöhte Gage anbieten. Carrie Fisher dagegen studierte in Europa und war zunächst überrascht, dass ich nur sie als Prinzessin wollte, eine damals völlig unbekannte Schauspielerin. Aber wie Mark Hamill war sie sofort an Bord.«

»Und die anderen?«

»Ralph McQuarrie war erst begeistert, als ich ihn für die Designs ansprach, allerdings war er enttäuscht, dass ich ihm schon so viele genaue Skizzen vorgab. Er schien sich mit all diesen Vorgaben unfrei zu fühlen und kam immer wieder mit ganz anderen und in meinen Augen unpassenderen Vorschlägen. Aber schließlich bekam ich ihn doch noch einigermaßen auf Kurs.

Das größte Hindernis war allerdings Steven. Da hatte ich ihn schon als Regisseur gewonnen, aber unterschätzt, dass er natürlich ganz eigene Vorstellungen haben würde. Er wollte Darth Vader am Schluss sterben lassen, wir diskutierten stundenlang. ›Okay‹, sagte er, ›wenn nicht Vader, dann Han Solo.‹ Mögliche Sequels interessierten ihn nicht, schienen ihm auch unrealistisch, er wollte unbedingt diese endgültige Note im Film haben. Und auch sonst war er mit vielem nicht einverstanden, er konnte als Ufo- und Science-Fiction-Fan zum Beispiel mit der Macht nichts anfangen. Über jeden Mist musste ich ewig mit ihm diskutieren. Ich hatte den Urfilm noch ganz genau im Kopf, und es gab wirklich keine einzige Szene, die er so drehen wollte, immer hatte er etwas zu mäkeln oder zu verbessern, und auch mit vielen Dialogen konnte er nichts anfangen. Er mochte zwar Han Solo und Darth Vader, nicht aber das Konzept einer Prinzessin. Zu-

dem fand er den Beginn mit den Droiden zu sehr von Kurosawa abgekupfert und kam mit ziemlich guten eigenen Ideen, die jedoch alles über den Haufen geschmissen hätten. Und den Lauftext am Anfang hasste er regelrecht. Das alles setzte ihm sehr zu, und ich musste ihn schon mehrmals an den mechanischen Hai erinnern und auf die Tränendrüse drücken, dass dies die Vision sein sollte, die ich als kleiner Junge gehabt hatte, und dass ich sie nun mal genau so auf die Leinwand bringen wollte.

Wir drehten in Tunesien, ich war überall dabei. Beobachtete misstrauisch, ob er nicht doch etwas änderte. Später folgte der Studiodreh in England. Paramount, *die den Film gemeinsam mit meiner Firma* B-Movies *finanzierten, drehten durch, als das Budget anstieg. Trotz der Erfolge der letzten Jahre gingen auch meine finanziellen Mittel aus, und die halbe Million, die ich George für die Namensrechte gezahlt hatte, schmerzte auf einmal sehr. Wie bei ihm waren es auch bei mir die Effekte, die so teuer waren. Hier nützte mir auch mein ganzes Wissen aus der Zukunft nichts, da ich davon bis heute nichts verstehe. Ich wusste nur, dass John Dykstra das am Ende alles genial gemacht hatte, mit seinen Effekte-Jungs das ganze Projekt jedoch zunächst fast in den Ruin trieb, weil sie zusammen wie in einer Kifferkommune lebten und nicht rich-*

tig arbeiteten. Erst als Lucas sie alle beaufsichtigen ließ, ging es voran – und das tat ich natürlich auch.

Am Schluss gab es nur noch eine Hürde. Die Musik. Da Steven Regie führte, musste ich mir wenigstens um John Williams keine Sorgen machen, der war seinetwegen auf jeden Fall dabei. Ich versuchte also, es so wie George zu machen, und spielte ihm Stücke des britischen Komponisten Gustav Holst vor, Die Planeten, *dazu noch* Kings Row *von Erich Wolfgang Korngold. Die Ähnlichkeit ist ja auch wirklich verblüffend. Ziemlich beruhigt entließ ich Williams mit diesen Vorgaben, er zog sich zum Komponieren zurück. Doch Sie werden es nicht glauben: Als ich Wochen später zum ersten Mal seine Titelmelodie hörte, wäre ich fast vom Stuhl gekippt. Er kam mit dieser Melodie an.«*

Brooks pfiff sie laut vor sich her. Winkler blickte ihn ausdruckslos an.

»Kennen Sie nicht?«

»Nein.«

»Das war Indiana Jones. *Komme ich noch zu. Ich dachte jedenfalls, ich werde verrückt. Ich musste Williams also davon abbringen, diese Jahrhundertmelodie zu nehmen, denn ich wollte nun mal seine andere Jahrhundertmelodie. Die, die wir alle kennen. Er zog mürrisch ab und kam nach zwei Wochen wieder. Diesmal mit einer Melodie, die ich*

noch nie gehört hatte. Auch gut, aber eben nicht die richtige.

Ich habe damals viel gelernt über Genies und den flüchtigen Moment der Muse. Beim Originalfilm hatte er drei Monate später komponiert, und offenbar hatte er damals ein entscheidendes Gespräch geführt oder das richtige Sandwich gegessen, was weiß ich, ehe er eben plötzlich diese göttliche Eingebung hatte. Bei mir hingegen kam er auch nach mehreren Anläufen nicht auf sein berühmtestes Filmthema. Also pfiff ich ihm die Melodie schließlich vor.«

Winkler lachte. »Die Geschichte wird ja immer besser.«

»Können Sie glauben oder nicht, aber so hat es sich abgespielt, und zwar nachts in seiner Küche. Schließlich fehlte nur noch der Vierte im Bunde. Charley Lippincott, den ich schon erwähnte. Endlich jemand, der sich genau so verhielt, wie ich es mir erhoffte. Und einige Vorzeichen waren bei mir sogar günstiger als beim Original. Wie bei George lief auch bei mir Star Wars *1977 an, aber sein Film startete damals nur mit zweiunddreißig Kopien. Nur zweiunddreißig Mal wurde das Ding gezeigt, im ganzen Land, weil einfach niemand an einen Science Fiction Space Opera Film glaubte. Zum Vergleich:* New York, New York *lief damals in*

vierhundert Sälen, und Ein ausgekochtes Schlitzohr *hatte auch fast vierhundert Kopien. Mein Glück war, dass bei mir Steven Regie führte, der berühmte Shootingstar von* Der weiße Hai. *Das stimmte* Paramount *gnädig, dennoch sprangen am Ende auch nicht mehr als hundertfünfzig Kopien raus, sie glaubten einfach nicht dran. Also was tun? Man musste einen Hype kreieren. Lippincott ging wie beim Original auf all diese Conventions, er ließ Romane und Comics zum Film schreiben, verteilte Buttons, quatschte jeden Kinobetreiber zu und sorgte dafür, dass unter allen jungen Leuten ein riesiger Hype entstand. Hoffte ich zumindest. Dennoch wachte ich die Tage vor dem Start immer wieder besorgt auf. Konnte man diesen Welterfolg einfach so kopieren? Mit einem anderen Regisseur? Und natürlich waren einige Szenen nicht ganz so, wie sie ursprünglich gewesen waren. Konnte man das trotzdem wiederholen?«*

»Wie es aussieht, ja.«

»Falsch.«

»Aber *Star Wars* wurde doch das berühmteste Franchise der Welt.«

»Ja, aber erst nach und nach. In meiner Realität war nämlich der erste Film von 1977 der mit Abstand erfolgreichste Blockbuster seit dem Krieg, inflationsbereinigt war er das sogar mehrere Jahr-

zehnte später immer noch. Aber aus irgendeinem Grund hatte es bei mir nicht ganz so grandios funktioniert. Sicher, der erste Teil war wahnsinnig erfolgreich, aber eben nicht ganz so erfolgreich wie Der weiße Hai. *Ich habe oft gegrübelt, woran es lag. Vielleicht dachten viele Leute, der Film wäre so ähnlich wie* Der weiße Hai, *da er vom selben Regisseur war, und waren weniger neugierig auf den Hype. Aber ich habe noch eine andere Erklärung.«*

»Und die wäre?«

»Steven Spielberg war damals vermutlich ein besserer, raffinierterer Regisseur als George Lucas. Aber es war eben nie sein Film, nie sein Baby. Und bei Star Wars *gab es so viele glückliche Zufälle, die schließlich genau zu diesem einzigartigen Ergebnis führten, das alle sofort liebten. Stevens Film dagegen ist handwerklich reifer, aber das Original war irgendwie schöner. Nicht viel, beide ähneln sich schon sehr, aber doch, ich würde sagen, ich mochte den alten Film lieber, er hatte einfach mehr Charme.«*

»Hat George Lucas ihn je gesehen?«

»Ja, hat er. Hat mir Brian de Palma erzählt. George war damals noch mit Apocalypse Now *beschäftigt, aber er hat ihn gesehen. Und Brian meinte, er hätte ihn sich angeschaut wie ein kleiner Junge*

und einmal sogar, als der Millenium Falke in den Hyperraum flog, ›Wahnsinn‹ gesagt. Es war schließlich seine ureigene Vision, die da auf der Leinwand zu sehen war. Für die Dauer des Films konnte er alles vergessen, das waren die Bilder, die seit Jahren durch seinen Kopf schwirrten, bewusst oder auch unbewusst. Erst als er wieder draußen war, muss er sehr bedrückt gewesen sein. Im Jahr darauf kam dann der irrsinnige Flop mit Apocalypse Now, *und er war endgültig am Boden zerstört. Danach zog er sich, vollkommen pleite, von der Filmindustrie zurück. Coppola hatte es ja auch erwischt, er machte jahrelang nichts mehr, auch er pleite.«*

»Und Sie?«

»Ich habe das gestohlene Franchise weiter aufgebaut. Wie George habe auch ich die Regie für Das Imperium schlägt zurück *an Irvin Kershner gegeben und Lawrence Kasdan das Drehbuch nach meinen Ideen schreiben lassen. Steven war erst enttäuscht, aber ich brachte ihn mit subtilen Hinweisen auf die Spur, dass er lieber seine eigenen Filme drehen wollte, zum Beispiel doch endlich den einen über diesen niedlichen Außerirdischen, von dem er mal gesprochen hatte. Den wollte ich natürlich auch gleich produzieren. Außerdem hat ihn, glaube ich, genervt, wie penibel ich seine Arbeit an* Star Wars *verfolgt hatte, so unfrei wollte er nicht noch mal*

arbeiten. Ich habe also alles so laufen lassen, wie es vorgesehen war. Und Gott sei Dank wurde Das Imperium schlägt zurück *dann auch ein genauso kommerzieller und künstlerischer Erfolg wie das Original. Und auch beim dritten Teil habe ich nicht eingegriffen. Das heißt, das Einzige, was ich da verändern ließ, war: keine Ewoks.«*

»Ewoks?«

»So kleine Pelzviecher aus Die Rückkehr der Jedi-Ritter. *Die Kinder haben sie geliebt, aber die meisten Erwachsenen haben sie gehasst, außerdem nervten sie fast schon so wie später Jar-Jar-Binks.«*

»Wie wer?«

»Ach, das wissen Sie ja alles noch gar nicht, aber während in dieser neuen Realität die Prequels die wahren Geniestreiche sind, waren sie in meiner alten Realität weitgehend eine Enttäuschung. Man hatte George Lucas damals ohne Gegenwind machen lassen, und herausgekommen sind CGI-überladene Kinderfilme und dazu die vielleicht schlimmsten Liebesdialoge der Welt.«

»Aber die Liebesdialoge sind doch mit das Beste an den Prequels.«

»Ja, jetzt, weil ich in dieser Wirklichkeit die besten Drehbuchautoren engagiert habe und Leute wie Christopher Nolan, Denis Villeneuve und Alfonso Cuaron Regie führten. Ursprünglich hat George je-

doch alles selbst geschrieben und gedreht, statt echter Kulissen allerdings nur noch Greenscreen verwendet, und genauso künstlich waren leider auch die Dialoge. Seine Exfrau Marcia fehlte an allen Ecken und Enden.«

»Wie meinen Sie das?«

»Na ja, wenn George in der alten Realität der Kopf der Urfilme war, zuständig für die Vision der Geschichte, dann war Marcia das heimliche Herz von Star Wars, zuständig für die Gefühle. Sie hatte den allerersten Teil durch ihren Schnitt gerettet und dafür einen Oscar gewonnen und war auch später sehr wichtig, doch nach der Scheidung 1983 redete George kein Wort mehr mit ihr. Marcias Lucas' Fehlen merkte man den alten Prequels stark an, sie stand für die Integrität der Figuren. Dazu kam wie gesagt, das sich auch sonst niemand mehr traute, George zu widersprechen, er war Gott … Und so entstanden eben teils fürchterliche Filme.«

Winkler vergaß nun alle journalistische Vorsicht und beugte sich wie ein Kind, das sich im Recht glaubt, energisch vor. »Aber die Geschichte der Prequels ist doch *klar* besser als die der Urfilme. Aus einem kleinen Jungen wird der ultimative Bösewicht, die rührende Freundschaft zwischen Anakin und Obi-Wan zerbricht, die Republik zerfällt, das Imperium erhebt sich. Das sind doch fast shakespearehafte Dramen, der düstere letzte Teil *Die Rache der Sith* hat wie *Der Herr der Ringe* elf Oscar-Nominierungen erhalten. Den Stoff kann man doch nicht in den Sand setzen.«

»Doch, doch, das ging durchaus. Stellen Sie sich vor, George hat in seiner Version am Ende sogar Yoda mit einem Lichtschwert kämpfen lassen. Den gleichen weisen, alten, gebrechlichen Yoda, der mal gesagt hat, es käme nicht auf die Größe und die Kraft an, sprang plötzlich wie ein CGI-Flummi auf Speed durchs Bild und fuchtelte mit seinem grünen Minilichtschwert herum.«

Beide mussten lachen.

»Großer Gott, das ist jetzt vierzig Jahre her, dass ich das zuletzt gesehen habe«, sagte Brooks, *»aber ich erinnere mich trotzdem noch gut daran. Wie ein Alptraum, den man nie mehr vergessen kann. Das jedenfalls kann man mit Fug und Recht sagen: Meine Prequels waren definitiv besser als die von George.«*

Es war spät geworden, Brooks brachte ihn zur Tür, doch an der Schwelle blieb Winkler stehen. Er schüttelte den Kopf. Es war ihm anzusehen, dass er die Geschichte nicht glaubte, aber er hatte sich jetzt schon so weit auf dieses Spiel eingelassen, dass er beschloss, bis zum Schluss mitzumachen. »Was ich bei Ihren Erzählungen nicht verstehe: Wenn Sie wirklich aus der Zukunft kommen, wieso haben Sie dann in den Neunzigern so viele Flops gelandet?«

»Drogen, zwei zähe Scheidungen, vielleicht auch mangelnder Ehrgeiz und ein schlechtes Gewissen. Was weiß ich?« Brooks zuckte mit den Schultern. *»Eine Zeitlang war ich begeistert von dem Lifestyle, den ich genoss. Frauen, Yachtpartys, Gespräche mit legendären älteren Regisseuren, die ich früher als Filmkritiker bewundert hatte. Jetzt waren sie plötzlich so alt wie ich und bewunderten* mich, *den Wandler zwischen Kommerzfilm und Arthouse. Mich, den ehemaligen miesen Kritiker, gescheiterten Drehbuchautor und Pizzaboten. Ich finanzierte Stallone seinen* Rocky *und stand als Produzent mit dem Oscar auf der Bühne, ich hatte* Star Wars *erfunden, die Prequels verbessert, ich habe als Autor die Ideen zu diversen Kultfilmen wie* Forrest Gump, Scarface, Platoon *und* Wall Street *geliefert, nicht zu vergessen Megahits wie* Zurück in die Zukunft, *hier mit Eric Stoltz in der Hauptrolle, weil ich Michael J. Fox einfach nicht aus seinem Vertrag bei* Family Ties *rausbekam.*

Damals war ich auf dem Höhepunkt und verbesserte sogar Klassiker wie Rain Man, *in den ich eine minimal wärmere Note reinbrachte. Ich wusste, welchen Scorsese ich produzieren muss und welchen nicht, oder dass John Hughes mit seinen Filmen bis in die frühen Neunziger Erfolg haben wird und dann nicht mehr. Von Dramen bis seichten Komödien lag ich stets richtig, und ich habe es – und darauf bin ich stolz – hingekriegt, dass die Leute schon viel früher Bill Murray als ernsthaften Schauspieler akzeptierten und er endlich einen anständigen Agenten bekam. Wer hätte gedacht, dass er mal zwei Oscars gewinnt und* Philadelphia *besser meistert als ursprünglich Hanks?«*

»Aber wieso dann der Absturz?«

»Ach, ich hatte einfach genug davon, die Erfolge von anderen einzufahren. Jeder Kreative braucht Inspiration und stiehlt hier und da bei anderen. Das ist völlig okay, denn für die wahren Künstler wie George Lucas steht ihre eigene Schöpfung im Zentrum. Ich dagegen stahl Schöpfungen. *Ich war nur ein gerissener, mieser Dieb, nichts weiter. Gegen diese innere Stimme kommen Sie irgendwann nicht mehr an. Sie ignorieren sie, betäuben sie mit ein paar Substanzen, aber die Stimme wird trotzdem lauter. Außerdem habe ich unterschätzt, wie wichtig die Visionen der Regisseure und der Zeitpunkt ihrer Filme sind. Die* Star-Wars-*Prequels kamen bei mir früher als bei George, kein Problem. Aber* Titanic *wollte 1994 zum Beispiel kein Mensch sehen, fast schon ein Jahrhundertflop, ich zerstritt*

mich dann ja auch mit James Cameron. Als Rache nahm ich ihm seinen Avatar *weg und machte ihn selbst, doch 1999 war die Technik noch nicht reif, und der Film sah einfach nur bizarr aus. Zweihundert Millionen Dollar in den Kamin geworfen … In meiner alten Realität war Cameron also das Genie hinter den beiden erfolgreichsten Blockbustern aller Zeiten, in dieser hingegen kennt man ihn nur von seinen nun vier* Terminator-*Filmen und* True Lies.

Ich habe dann noch ein paar eigene Drehbuch-Ideen, die in meiner Realität schon niemand haben wollte, umsetzen lassen – Ergebnis: Die wollte offenbar zu recht niemand, auch hier alles Flops. Wenn man sich dann noch hervorragendes Koks leisten kann, läuft man eben leicht Gefahr, in der Versenkung zu verschwinden.«

»Und Ihr Comeback?«

»Nun ja, gerettet hat mich, dass ich mich wieder der Original-Zeitleiste annäherte. Ich wusste zwei Dinge ziemlich sicher: Dass Harry Potter *und* Der Herr der Ringe *Erfolge werden und dass die Leute ab der Jahrtausendwende verrückt nach Superhelden-Filmen sein würden. Also erwarb ich ein paar Rechte und war wieder im Geschäft. Aber es war trotz des Erfolgs einfach nicht mehr das Wahre, deshalb habe ich den ganzen Laden verkauft. Und seit*

einem Monat ist die Magie ohnehin verschwunden. Im Mai 2016 habe ich den Aufzug in die Vergangenheit betreten, nun haben wir Juni 2016. Die Zukunft ist ab jetzt auch für mich die Zukunft, und ich bin endlich wieder ein ahnungsloser, freier Mann. Irgendwie beruhigend.«

»Aber wenn Sie schon nie in die Politik gehen wollten, wieso dann nicht Technologiefirmen kaufen, gesellschaftliche Strömungen vorausahnen, Internetpionier werden?«

»Hat mich alles nie interessiert. Filme sind mein Leben. Und wie gesagt, ich hatte Angst davor, was passiert, wenn ich mich zu sehr ins Weltgeschehen einmische; all die Jahre habe ich sogar der Versuchung widerstanden, mal in den Abgrund zu blicken und heimlich nachzusehen, ob meine Eltern ein Kind bekommen haben oder in dieser Realität überhaupt zusammen sind. Ich habe nur mal in einer schwierigen Phase überprüft, ob meine Mutter zum gleichen Zeitpunkt auf dem Friedhof liegt wie damals in meiner Jugend. Das tat sie nicht, und das hat mich mehr beglückt als alles andere … Grundsätzlich hat meine Zurückhaltung jedenfalls immer gut hingehauen, und es kam vieles so wie gedacht, doch ein paarmal hat der Butterfly-Effekt zugeschlagen: Einige Marken haben andere Namen, Bill Gates wurde bei Microsoft früh ausgebootet, außer-

dem ist die Berliner Mauer hier ein Jahr später gefallen, in dieser Zeitlinie erst im November 1990. Das müssen Sie sich mal vorstellen: Da macht man einfach nur ein paar berühmte Filme ein bisschen anders, und so ein Weltereignis wird plötzlich um ein ganzes Jahr nach hinten verschoben. Wenn ich auf Drogen war, habe ich ewig versucht, die Kette zu bilden, die dazu geführt hat …«

»Aber wollten Sie wirklich nie ins Zeitgeschehen eingreifen? In vierzig Jahren nicht ein einziges Mal?«

»Na gut, damals beim 11. September habe ich wirklich alles getan, um die Leute zu warnen, mich an Polizei und FBI gewandt. Doch die dachten, ich wäre ein durchgeknallter Drogenabhängiger – was ich zugegeben ja auch war. Erst als das Attentat wirklich geschah, hat man sich wieder an mich erinnert und hielt mich plötzlich für einen Spion oder Mitwisser. Und ich konnte ja schlecht sagen: Ich weiß das alles, weil ich aus der Zukunft bin. Man hat mich verhaftet, aber genauso wenig, wie ich beweisen konnte, woher ich das Wissen hatte, konnte der Staat mich belasten. Man ließ mich frei, aber es gab ein paar unschöne Artikel in den Medien, und ich bin mir sicher, dass man mich bis heute abhört. Das alles hat mich in meiner Angst bestätigt, dass es verdächtig ist, zu viel zu wissen. Deshalb habe ich

davor und danach wieder geschwiegen und mich aus allen zeitgeschichtlichen Entwicklungen rausgehalten.«

Sie standen nun schon vor dem Aufzug, doch noch immer wollte Winkler nicht gehen. Auch wenn er das Interview so natürlich nicht drucken konnte und ihm ohnehin niemand glauben würde, wollte er alles von dieser Begegnung mitnehmen. »Wenn Ihre Geschichte wirklich stimmt«, sagte er. »Bereuen Sie es dann?«

Brooks zögerte kurz. *»Eigentlich nicht. Wenn Sie mit diesem unglaublichen Wissen aus der Zukunft gesegnet sind, ist es unmöglich, in vier Jahrzehnten nichts zu machen. Der eine hätte vielleicht Michael Jackson beklaut und Melodien von Hits selbst verwendet, der Nächste auf den richtigen Politiker gesetzt, ein anderer wiederum Kunstwerke gekauft, bevor sie berühmt wurden, oder Apple-Aktien. Und meine Leidenschaft war nun mal das Kino. Aber eine Sache tut mir schon leid.«*

»Was?«

»Na, George und sein Indiana Jones. *Das war nämlich als Kind mein Lieblingsfilm, sogar noch vor* Star Wars. *Eine Reihe über einen Archäologen in den dreißiger Jahren, der Abenteuer erlebt. Harrison Ford hat die Hauptrolle gespielt, übrigens ähnlich ikonisch wie seinen Han Solo. Die Leute ha-*

ben ihn in der alten Realität darin vergöttert. Aber in dieser wurden die Filme nie gedreht. Die Idee stammte wie gesagt von George, und Regie führte Steven Spielberg, doch durch den Star-Wars-*Prozess, bei dem Steven sich auf meine Seite geschlagen hat, haben sie sich so zerstritten, dass sie nie mehr miteinander gesprochen haben. Ich hatte eine der schönsten Freundschaften der Filmgeschichte ruiniert, George hat sich dann ja auch von allen zurückgezogen … Diese wunderbaren Filme wurden also nie gedreht, denn aus irgendeinem Grund konnte ich Steven später nie so dafür begeistern, wie George Lucas es getan hat. Und ich konnte ja nicht zum zweiten Mal mit einer Idee ankommen, die ursprünglich von ihm war. Sie hätten die Filme jedenfalls geliebt, alle hätten sie geliebt. Ebenso die epische Musik von John Williams. Doch all das kenne hier nur ich, es ist nur in meinem Kopf, das ist wirklich schwer zum Aushalten. Ich würde die Filme so gern mal wieder sehen, aber das wird nie passieren.«*

»Haben Sie George Lucas eigentlich noch mal getroffen?«

»Ja, das habe ich.«

»Wie ging es ihm?«

»Erstaunlich gut. Wissen Sie, in der alten Realität war es nicht leicht für ihn. Viele Fans beschimpften ihn wegen der Prequels, seiner Änderungen an der

Ur-Trilogie oder des Verkaufs an Disney. Dabei vergaßen sie, was er geleistet hatte. Ich meine, nichts gegen Homer und Tolstoi oder gegen Rowling und Tolkien, aber Sie werden immer Flecken auf der Erde finden, wo man von deren Werken noch nie gehört hat. Georges ›kleinem Weltraumding‹ dagegen entkam keiner. Ob ein Kind in Kenia, das mit einem Stock ein Lichtschwert nachmacht, ein alter Banker in Indien oder eine japanische Lehrerin: Nie haben weltweit mehr Menschen mit einer Erzählung und ihren Figuren mitgefiebert, und das jahrzehntelang. George Lucas war der größte Geschichtenerzähler seiner Zeit, ein genialer Visionär, er hätte mehr Respekt verdient gehabt. Aber ein Fan ist nun mal nicht dankbar oder gerecht. Diese Wut bekam er zu spüren, auch Häme. Am Ende gab es Millionen von Menschen, die eine Meinung über ihn hatten, die ihn liebten oder hassten, und wo er auch hinkam, sprachen ihn die Leute auf diese Filme an. Das größte Franchise der Welt erfunden zu haben, schien ihn zu belasten. Ohne Star Wars *dagegen wirkte er befreit, fast glücklich.«*

»Wirklich?«

Brooks dachte lange nach. Schließlich seufzte er. *»Nein.«*

Er machte eine entschuldigende Geste. »*Ich hätte mir gewünscht, es wäre so gewesen, aber dann traf ich George vor fünf Jahren, kurz bevor er in Rente ging. Ich hab ihn abgepasst und auf ein Bier eingeladen. Er schien mir ziemlich gealtert zu sein. Anfangs hatte ich befürchtet, er wäre mir gegenüber vielleicht aggressiv und würde mich wieder beschuldigen, aber er nahm die Einladung zum Bier sofort an. Noch immer war er scheu und zurückhaltend, und wir sprachen erst mal über andere Sachen; dass er in seiner Jugend Rennfahrer werden wollte und über unsere Väter, die sich in vielem erstaunlich ähnlich waren. Irgendwann erzählte George, dass er meine Karriere immer verfolgt habe, so viele Erfolge, unglaublich. Und dann sagte er etwas, das mir das Herz brach: Er habe sich geirrt,* Star Wars *könne nur von mir sein, er hätte die Filme nie so machen können. Er habe sich* Das Imperium schlägt zurück *sicher zehnmal angesehen, und es hätte all seine damaligen Ideen weit überstiegen. Die Reihe wäre inzwischen ein riesiges Franchise geworden, er dagegen habe immer nur einen einfachen Weltraumfilm machen wollen, und es tue ihm leid, dass er mich damals verklagt habe. Können Sie sich das vorstellen? Der arme Kerl. Er meinte sogar noch, er wäre nie in der Lage gewesen, ein Franchise wie* Star Wars *zu kontrollieren, das würde ihn alles eher einschüchtern, er beneide mich nicht darum. Bei diesen Worten lächelte er, und auf einmal dachte ich an den Jungen, der er mal gewesen sein musste, den Kopf voller Ideen, und wie liebenswürdig er sein konnte. Wir unterhielten uns auch über Steven, mit dem er noch immer nicht sprach, was er aber zu bedauern schien. Am Ende musste ich darauf bestehen, das Bier zu zahlen. Er ging mit hängenden Schultern nach Hause. Danach überwies ich ihm anonym eine große Summe, aber ich weiß nicht, was er damit gemacht hat.«*

Winkler unterdrückte ein Grinsen. »Ein schöner, wehmütiger Schluss, ich nehme an, so wird auch Ihr Drehbuch aufhören?«

»Vielleicht.« Brooks studierte den Journalisten. *»Sie glauben kein Wort von all dem, oder? Nicht ein einziges!«*

»Ein paarmal hätten Sie mich fast gehabt, weil Sie selbst so überzeugt wirkten«, gestand Winkler. »Aber manches fand ich einfach übertrieben. Das mit James Cameron zum Beispiel oder die schlechten Original-Prequels mit dem herumhüpfenden Lichtschwert-Yoda.«

Brooks schien erst etwas darauf erwidern oder protestieren zu wollen, dann lächelte er nur. *»Ja, das war vielleicht wirklich etwas übertrieben.«*

Winkler drückte den Aufzugsknopf. »Diese Krawattenfabrik …«, fing er noch mal an. »Wo war die eigentlich?«

»Na hier«, sagte Brooks. *»Hab sie gekauft und in eine Villa umbauen lassen, nur den Aufzug habe ich behalten. Sie stehen direkt davor. Jeden Tag hoffe ich aufs Neue, dass da wieder ein fünfter Knopf auftaucht, mit 2016 oder 2090 oder auch wieder 1973. Aber es gibt nur die drei Stockwerke und das Parterre, sonst nichts.«*

Jetzt, wo Winkler vor dem Aufzug stand, schien er für einen Moment unsicher. »War das alles wirklich nur Fiktion? Oder nicht doch auch ein Funken Wahrheit?«

»Es war die Wahrheit.« Brooks hob eine Augenbraue. *»Die Wahrheit über das Lügen.«* Er starrte dem Reporter sekundenlang ins Gesicht.

Winkler schüttelte den Kopf. »Man hat mich vor Ihnen gewarnt. Man hat gesagt, Interviews mit Ihnen können seltsam und überraschend sein.«

»Ich hoffe, ich habe Sie nicht enttäuscht.«

»Keineswegs. Eine Bitte …« Winkler griff verlegen in seine Tasche und holte ein Foto heraus. Es zeigte Han Solo und Luke Skywalker vor dem Millenium Falken. »Meine Kinder wären so begeistert, wenn Sie es signieren könnten.«

»Gern.« Brooks zückte einen Stift. *»Soll ich ehrlich oder unehrlich signieren?«*

»Was meinen Sie?«

»Möchten Sie den Namen des wahren Schöpfers oder den des Diebes?«

»Wie Sie wollen. Die Unterschrift ist sowieso immer richtig, da sie von Ihnen ist.«

Brooks nickte. Er schrieb *George Lucas* auf das Bild.

Winkler musste grinsen. Dann steckte er das Foto ein und drückte den Knopf fürs Parterre. Die Aufzugtüren schlossen sich, und mit einem sanften Summen senkte sich der Lift in die Tiefe.

Die Fliege

(2017)

»Haben wir noch Limonade?«, rief er von weitem.

Sie wischte sich über die Stirn. Es war drückend heiß, und obwohl sie im Schatten saß, kam sie schon jetzt ins Schwitzen.

»Ja«, antwortete sie laut.

Sie saß auf einem Stuhl in der Gartenlaube und beobachtete nervös, wie er die Veranda entlangkam, die Zeitung unter den Arm geklemmt. Sein behaarter Bauch blitzte unter dem Hemd hervor. Die übliche Fastenkur vor der Buchmesse begann erst in einigen Wochen, wie immer kostete er die Zeit davor aus.

Rauchend nahm er vor ihr Platz und füllte sein Glas. Obwohl die Ärzte ihm von Zucker abgeraten hatten, konnte er im Frankreichurlaub nicht auf ihre kühle selbstgemachte Zitronenlimonade verzichten.

»Willst du auch?«

Ohne ihre Antwort abzuwarten, schenkte er ihr

ein, dann nahm er einen großen Schluck. Er trug eine elegante Sonnenbrille, die Haare noch nass vom Schwimmen im Pool. Wie sollte sie es ihm nur sagen?

»Schau mal!« Er tippte auf einen Feuilletonartikel in der Zeitung; eine seiner Autorinnen, eine Margo Brodie, wurde für ihren dritten Roman über alle Maßen gelobt. Er brauchte nicht zu sagen, was er dachte, sie wusste es auch so.

Er dachte: *Und ich hab sie entdeckt.*

Zufrieden trank er noch einen Schluck und erzählte von einem Telefonat mit einem Bonner Korrespondenten und einer Neuübersetzung von Katherine Mansfield, die er herausgeben wollte. Trotz des Bauchansatzes und seines Alters sah er kaum schlechter aus als vor zwanzig Jahren; der Erfolg stand ihm gut, Urlaubsbräune und Erholung ließen ihn jünger wirken. Sie starrte auf die erschlaffte Haut ihrer Oberarme und musste sich zurückhalten, um sich nicht kurz ins Fleisch zu kneifen.

Eine Fliege landete auf ihrem Arm, sie verscheuchte sie. Die Fliege flog weiter zu ihrem Limonadenglas, auf dessen Strohhalm sie sich nun die Beine putzte.

»Ich wollte etwas mit dir besprechen.« Ihre Stimme war zu leise. Sie räusperte sich: »Ich habe mir etwas überlegt.«

Ihr Mann sah von der Zeitung auf.

Wenn es doch nur nicht so heiß wäre! Sie spürte die Schweißperlen in ihrem Dekolleté und hatte das Gefühl, schon jetzt keine Kraft mehr zu haben.

»Ich will wieder arbeiten«, sagte sie. »Also *richtig* arbeiten.«

Sein leichtes Desinteresse wich Argwohn. »Wie darf ich das verstehen?«, fragte er so tonlos, als verkündete er die Einsätze beim Black Jack. »Ich dachte, darüber haben wir schon gesprochen.«

Das hatten sie tatsächlich. Zu Beginn ihrer Ehe war es ein großes Thema gewesen. Sie hatte Modedesign studiert und davon geträumt, ein eigenes Label zu gründen oder beim Film zu arbeiten. Damals war sie Anfang zwanzig gewesen und, zugegeben, auch sehr labil. Bei einer Lesung hatte sie ihn kennengelernt. Er war dreiundzwanzig Jahre älter und verrückt nach ihrer Schönheit gewesen, das hatte ihr geschmeichelt. Und er hatte diese dominante Sicherheit ausgestrahlt, die ihr immer gefehlt hatte. Sie wiederum hatte das, was er an Empathie und Stil vermissen ließ.

Anders gesagt: Sie las gern, er verlegte Bücher, zusammen waren sie perfekt.

»Ich weiß«, sagte sie. »Und wir haben auch gesagt, dass wir noch mal darüber sprechen, wenn die Kinder älter sind und dein Verlag gefestigt ist.«

Sie beobachtete die Fliege, die nun – angelockt vom Duft der süßen Limonade – auf dem Strohhalm ins Glas hinabwanderte.

»Aber wie hast du dir das denn vorgestellt?«

»Ich könnte mir ein eigenes Atelier mieten«, sagte sie. »Ich habe schon seit längerem ein paar Ideen für Entwürfe und vielleicht sogar für eine ganze Kollektion. Und eine Freundin von mir arbeitet am Theater, dort könnte ich mit ein bisschen Glück die Kostüme für ein Stück entwerfen. Einfach, um wieder reinzukommen. Sie hat mir versprochen, sich für mich einzusetzen.«

Er verzog unmerklich das Gesicht und trank seine Limonade in einem Zug aus. »Aber warum jetzt?«

»Weil es mir Spaß machen würde.«

Sie wusste, wie nichtig in seinen Augen der Plan war, am Theater für einen Hungerlohn die Kostüme unbekannter Darsteller zu schneidern. Er war immer zielorientiert gewesen und hatte es vor allem deshalb bis nach oben geschafft, weil er es bis nach oben schaffen *wollte*.

Sein Durchbruch waren die modernen Klassiker gewesen, nach denen sein *MoKla*-Verlag benannt war. Ihm war aufgefallen, dass berühmte Werke von etwa Tolstoi oder Flaubert von Zeit zu Zeit im Deutschen neu übersetzt wurden und die Sprache dabei stets angepasst und aufgefrischt wurde. Aber was war mit den Russen? Sie konnten ihren Tolstoi auch weiterhin nur in der zunehmend veralteten Originalsprache lesen, weil sich niemand an das Werk herantraute. Ebenso verhielt es sich bei den Franzosen mit Flaubert. Die Deutschen wiederum hatten nie die Chance, ihren Goethe oder Mann in einer zeitgemäßen Version zu lesen.

Für seinen Verlag hatte er deshalb berühmte deutsche Autoren gebeten, deutsche Klassiker zu überarbeiten, behutsam, aber modern. Der Protest in den Feuilletons war groß gewesen, ebenso der Erfolg. Mit dem Geld hatte er das Gleiche auch in anderen Ländern gemacht. Ein riskanter Schritt, aber sie hatte ihn unterstützt und sich um die Kinder gekümmert, damit er den Verlag weiter ausbauen konnte. Inzwischen hatte er auch zeitgenössische Autoren im Programm und war bekannt für sein erstaunliches Gespür beim Entdecken neuer Talente.

Wann immer er auf eine interessante Autorin oder einen neuen Autor stieß, gab er das Manuskript zuerst ihr. Auch bei allen anderen Fragen konsultierte er sie. Im Laufe der Jahre war sie seine Chefsekretärin geworden, die wichtige administrative Aufgaben übernahm, seine Kinder großzog, sich um das Haus in Frankfurt kümmerte, Gäste empfing, Autoren durch die Stadt führte und dafür sorgte, dass er morgens das Richtige anzog – und die es routiniert verdrängen konnte, wenn ihr etwas über seine angeblichen Affären zu Ohren kam.

»Ich weiß nicht.« Er zündete sich eine neue Zigarette an. »Ich kann dich verstehen, aber wer kümmert sich dann um die Kinder?«

Er sprach den letzten Satz so plump aus, als habe er ihn aus seiner Zeitung abgelesen. Sie wurde wütend, aber sie zwang sich zur Vernunft.

»Du hast damals gesagt, dass du kürzertrittst und mich unterstützt, wenn ich später wieder selbst etwas machen möchte«, sagte sie. »Dass zuerst du dran bist, aber dann ich.«

»Aber das war doch …«

»Du hast es meinem Vater versprochen.«

Ihr Vater war immer gegen die Hochzeit gewesen. Dass seine Tochter kurz nach der Schule einen vierundvierzigjährigen Mann heiratete, hatte ihm nicht gefallen, und noch weniger, wie selbstbewusst dieser Mann schon damals auftrat.

Sie hatten deshalb oft gestritten. »Er wird dich noch erdrücken mit seinem Ego«, hatte ihr Vater gesagt. »Du bist viel zu jung, um alles für ihn aufzugeben. Warte doch noch ein paar Jahre.« Sie hatte als Antwort geschrien, dass sie es leid sei, immer nur von Männern gesagt zu bekommen, was sie zu tun habe, und gut auf sich selbst aufpassen könne.

Es fiel ihr schwer, seinem Blick standzuhalten. Als sie den Kopf senkte, bemerkte sie, dass die Fliege in die Limonade gefallen war. Hilflos strampelte sie in der trübgelben Flüssigkeit um ihr Leben. Sie überlegte, der Fliege zu helfen, aber sie wollte sehen, ob sie es allein schaffte.

»Warte doch noch ein wenig.« Sie hörte ihn seufzen. »Du hast recht, die letzten Jahre bist du vielleicht wirklich … Ich verstehe dich. Aber die Literaturbranche ist zurzeit so unberechenbar, da kann ich mich nicht zurückziehen, weil meine Frau sich plötzlich selbstverwirklichen will. Es wäre das falsche Signal. Gerade im Sturm muss man an Deck stehen und die Richtung vorgeben, sonst geht das Schiff unter.«

»Mein Gott, wie pathetisch«, murmelte sie.

Er ignorierte es. »Du weißt doch, wie es um den Verlag steht«, sagte er. »Du kennst die Zahlen. Mich jetzt zurückzuziehen wäre Selbstmord, dann wäre alles umsonst gewesen.«

Sie beobachtete noch immer die Fliege bei ihrem Überlebenskampf. Panisch zappelte sie im Limonadenglas und versuchte, einen Halt zu finden. Der rettende Strohhalm war noch immer einen guten Zentimeter entfernt.

»Mein Vater hatte völlig recht«, sagte sie kopfschüttelnd. »Ich war zu jung und naiv, und du hast es ausgenutzt, und als ich älter war und mich besser hätte verteidigen können, hatten wir die Kinder. Und jetzt, wo sie nicht mehr klein sind, kommst du wieder mit etwas Neuem. Dir war immer egal, was ich wollte.« Ihre Mundwinkel senkten sich nach unten, sie konnte nichts dagegen tun.

Er griff nach ihren Händen. »Ich möchte mich nicht mit dir streiten. Und ich will auch nicht, dass du unglücklich bist. Alles, was ich möchte, ist mehr Zeit. Dann finden wir eine Lösung.«

Es klang versöhnlich, doch ein verräterischer Film legte sich über seine Augen, und sie fühlte, dass er gerade den finalen Gegenschlag plante.

Die Fliege hatte den Strohhalm inzwischen fast erreicht. Ihre Bewegungen waren langsam und schwach geworden, aber sie gab nicht auf und versuchte unablässig, aus dem zuckrigen Wasser zu klettern. Die Tapferkeit dieses kleinen Wesens rührte sie und ließ sie mitfiebern.

Seine Hände lagen noch immer auf ihren, dann zog er sie weg und richtete sich auf. Offenbar hatte er seine Strategie gefunden.

»Ich will nur nicht, dass du enttäuscht wirst«, sagte er. »Modedesign ist ein hartes Business, hast du damals selbst gesagt. Die wenigsten schaffen es.

Wenn du es wirklich noch mal wissen willst, wirst du dich mit jungen Studentinnen messen müssen, die keine Kinder haben und die Tag und Nacht für diesen Traum leben. Die haben nichts zu verlieren, die …«

»Glaubst du, das weiß ich nicht?«, unterbrach sie ihn. »Aber komm mir jetzt bitte nicht mit dem Argument, ich wäre zu alt. Damals wäre ich's nicht gewesen, als wir beschlossen hatten, dass wir uns zuerst um *deinen* Verlag kümmern.«

Jedes Wort saß, dachte sie stolz. Es war sonst gar nicht ihre Art, aber nun sagte sie genau das, was sie sagen wollte. Trotzdem wirkte er noch immer ruhig, er war noch nicht fertig.

Er wischte sich den Schweiß von der Stirn und nahm die Sonnenbrille ab. Seine Augen fixierten sie. »Ich finde nur, dass das alles etwas sehr *plötzlich* kommt. Weiß du, es erinnert mich ein bisschen an damals, an …«

Sofort senkte sie den Blick.

Mit Anfang zwanzig hatte es bei ihr depressive Phasen gegeben. Aber auch manische, in denen sie sich zu viel zugemutet hatte, kaum schlief und ständig neue Pläne schmiedete – auch den für ein eigenes Modelabel. Alles war in einem Zusammenbruch und einem missglückten Selbstmordversuch geendet. Danach hatte sie jahrelang Medikamente genommen, die sie erst bei der Schwangerschaft abgesetzt hatte.

Dass er nun damit argumentierte, raubte ihr die Sprache, es war ein Nuklearangriff inmitten diplomatischer Verhandlungen. Unkontrolliert kamen weitere schmerzhafte Bilder und Erinnerungen hoch, aber auch, wie liebevoll er sich damals um sie gekümmert hatte.

Sie kämpfte beides nieder. »Das hat absolut nichts damit zu tun«, sagte sie laut und schlug mit der Hand auf den Tisch. Ihre Augen füllten sich mit Tränen, doch es war ihr egal.

Erschrocken blickte er sie an.

Für eine Weile schwiegen sie. Vom Haus drang Geschrei herüber. Die Kinder riefen nach ihnen, doch sie ignorierten es.

»Es tut mir leid«, sagte er schließlich.

Er meinte es ernst, das wusste sie. Es hatte ihm schon damals zugesetzt, sie weinen zu sehen, und auch jetzt wirkte es wie ein Spiegel für sein Verhalten und brachte ihn wieder zur Vernunft. Er stand auf und gab ihr einen Kuss, und für einen kurzen Moment schimmerte der gutherzige, verständnisvolle Mann durch, den sie geheiratet hatte. *Auch* geheiratet hatte.

»Lass mich noch ein bisschen darüber nachdenken«, sagte er leise. »Das alles ist in der jetzigen Situation nicht leicht, aber ich will nicht, dass du unglücklich bist. Wir werden eine Möglichkeit finden. Okay?«

Sie nickte und blickte zur Fliege im Limonadenglas. Erleichtert sah sie, dass sie es geschafft hatte. Mit letzter Kraft hatte sie das zuckrige Wasser verlassen und putzte am Fuß des Strohhalms erschöpft ihre Flügel.

Neben dem Glas lag das moderne Telefon, das sie kürzlich gekauft hatte und dessen noch ungewohnte Schnurlosigkeit kühn in die Zukunft wies. Sie durfte nicht vergessen, nachher wegen einer Immobilie ihren Anwalt anzurufen.

Seine Hand fuhr zärtlich über ihren Nacken. Es ging ihr jetzt besser, verstohlen wischte sie sich über die Augen. Er dagegen schien noch immer in Gedanken versunken, und plötzlich hellte sich sein Gesicht auf.

»Okay, ich hab eine Idee …«, sagte er. »Wie wär's, wenn wir den Abstellraum ausräumen und dir dort ein provisorisches Büro einrichten? Damit du erst mal wieder in die Arbeit reinkommst?«

Sie lachte erstickt. »Ist das dein Ernst?«

»Ja. Wir könnten den Raum frisch streichen und herrichten, nur für dich.«

Er strahlte sie an, wie ein Junge, der gerade in einem schwierigen Fach eine Eins bekommen hatte und nun das Lob der Eltern erwartete. Und auf einmal begriff sie die Sinnlosigkeit ihres Unterfangens. Selbst in einem mitfühlenden Moment wie diesem packte er ihre Träume in eine winzige Kammer ohne Fenster. Er würde sie *nie* verstehen. Sie suchte noch nach einer Antwort, aber sie wusste nicht mehr weiter.

Erneut riefen die Kinder nach ihnen, offenbar hatte es Streit gegeben. Sie wollte aufstehen, aber er winkte ab. »Ich mach das«, sagte er aufmunternd und griff nach der Zeitung.

Sie nickte nur und betrachtete wieder die Fliege, die noch immer verklebt war und nun zittrig versuchte, den Strohhalm hochzuklettern.

Er folgte ihren Blicken und entdeckte die Fliege ebenfalls. In Gedanken versunken, griff er nach dem Strohhalm. Mit dem ersten Stoß tunkte er die Fliege spielerisch wieder in die Limonade. Sie wehrte sich verzweifelt und zappelte, doch mit zwei weiteren, entschlosseneren Stößen des Strohhalms hatte er sie ertränkt.

Er lächelte seiner Frau kurz zu und gab ihr einen Kuss. »Ich mach das schon«, sagte er noch mal, dann ging er zum Haus.

Sie blieb am Tisch sitzen. Minutenlang. Es war noch immer schwül, das Sonnenlicht brach sich im Limonadenglas, in dem die Fliege reglos schwamm, das Wasser des Pools war still und von einem perfekten Blau.

Schließlich griff sie nach dem Telefon und wählte die Nummer ihres Anwalts. Es läutete zweimal. »Was kann ich für Sie tun?«, fragte er.

Sie angelte die Fliege mit dem Strohhalm aus dem Glas und schüttelte den toten Körper vorsichtig ins Gras.

»Ich will die Scheidung«, sagte sie.

Die Entstehung der Angst

(2012)

Anmerkung

Anders als das Weihnachtsmärchen mit den sprechenden Büchern richtet sich dieser Text eher an diejenigen, die den Roman schon gelesen haben.

Die folgende Geschichte war mal Teil von Vom Ende der Einsamkeit. *Die Hauptfigur Jules verliert im Alter von zehn Jahren durch einen Unfall beide Eltern. Vor allem das schwierige Verhältnis zu seinem Vater Stéphane beschäftigt ihn. Wer war dieser zuletzt so verloren wirkende Mann? Wieso waren die Besuche in der französischen Heimat oft geprägt von einer stummen, fast anklagenden Haltung gegenüber der Großmutter?*

Der einzige Hinweis, den Jules hat, ist eine Leica, die er und seine Geschwister einst fanden. Die Szene im Roman geht so:

… Als ich hörte, dass meine Schwester mir folgte, tat ich beschäftigt und stöberte in den Schubladen des Schreibtischs herum. In den meisten fanden sich nur Brillenetuis, Tintenfässer und vergilbte Notizblätter. In der untersten stieß ich jedoch auf eine Leica. Das Gefäß schwarz, das Objektiv silbern. Sie lag in ihrer Originalverpackung, ich hatte meinen Vater nie damit fotografieren sehen. In der Schublade war noch ein Brief, auf Französisch geschrieben, die Handschrift war mir unbekannt.

Lieber Stéphane, diese Kamera ist für dich. Sie soll dich daran erinnern, wer du bist, und an das, was nie vom Leben kaputtgemacht werden darf. Bitte versuche mich zu verstehen.

Von wem war dieser Brief? Ich legte ihn in die Schublade zurück und untersuchte die Kamera, öffnete den Verschluss für den Film und schraubte am Objektiv herum. Staub tanzte im Licht, das durch das Fenster einfiel …

Kurz darauf kommt der Vater jedoch um, und diese Frage wird nie mehr beantwortet. Jahrzehnte später ist Jules selbst Vater geworden und mit Ende dreißig dabei, eine Altersschwelle zu überschreiten, die seinen Eltern verwehrt geblieben ist. In dieser Phase interessiert er sich wieder stärker für sie. Was war seinem Vater in der Kindheit widerfahren? Was hatte es mit dieser Kamera auf sich? Und welche Rolle spielten sein früh verstorbener Onkel und »Erics Baum«?

Auf der Suche nach Antworten durchforstet Jules den Speicher nach alten Fotos und Dokumenten, findet aber nichts. Er weiß von Misshandlungen und Schlägen und hat deshalb Vermutungen, aber keine Sicherheit. Oder, wie es im Roman über seinen Vater, den Fotografen, heißt:

> Er hatte seine Vergangenheit bewusst in den Hintergrund gerückt, und es gelang mir nicht mehr, sie scharfzustellen.

So in der finalen Buchfassung – doch es war nicht die einzige. Ich schrieb sieben Jahre an diesem Roman, und sechs Jahre lang verlief diese Szene anders. Hier fand Jules ein altes Tagebuch, das ihm erlaubte, die Vergangenheit seines Vaters nachzuvollziehen. Er schrieb daraufhin einen Text, der Die Entstehung der Angst *hieß und jene Zeit stärker beleuchtete.*

Ich mochte Jules' Geschichte immer ganz gern, auch, weil sie ihn als Schriftsteller bei der Arbeit zeigt. Irgendwann beschloss ich aber schweren Herzens, dieses Kapitel aus dem Buch zu nehmen. Aus zwei Gründen. Zum einen veränderte es den Fokus: Durch die eher wuchtigen Schilderungen waren diese Stelle und das Schicksal des Vaters plötzlich scharfgestellt und dadurch alle anderen Szenen im Umkreis von etwa fünfzig Seiten nicht mehr so wichtig. Das empfand ich als störend, ging es mir doch um Jules und um seine *Rolle als Vater.*

Der Hauptgrund aber ist, dass die meisten Waisenkinder eben nicht Jahrzehnte später ein solches Tagebuch auf dem Speicher finden, das alles beantwortet. Ich fand es unredlich, dass Jules dieses Glück haben soll, und wollte lieber seine ungeklärten Fragen an die Leser weitergeben, die dadurch vielleicht seinen Schmerz nachvollziehen können. Ich wollte den Blickwinkel des rätselnden Sohns, nicht den des Vaters.

Es war die richtige Entscheidung.

Trotzdem fand ich es immer schade, dass dieses Kapitel nun nicht veröffentlicht werden konnte. Als ich beschloss, einen Band mit Geschichten zusammenzustellen, war mir schnell klar, dass ich Jules' Erzählung hier hineinschmuggeln würde.

Ich muss jedoch voranschicken: Der folgende Text geht sehr schnell von null auf hundert und ist ein Fragment, das mittendrin abreißt. (Die Szene im Buch hätte damit geendet, dass Jules plötzlich nicht mehr weiterschreiben kann).

Und jeder, der den Roman gelesen hat, sollte sich fragen, ob er all das wirklich wissen möchte.

Das Kapitel erklärt einiges, und es heißt noch immer:

Die Entstehung der Angst
Von Jules Moreau

Stéphane Moreau, mein Vater, wurde im Dezember 1945 in Berdillac geboren, einem kleinen, vom Krieg kaum versehrten Dorf in Südfrankreich nahe der Mittelmeerküste. Er war der zweite Sohn der Moreaus und eine Woche zu früh dran: Eigentlich hätte er erst an Weihnachten zur Welt kommen sollen. Aber letztlich war es nicht nur die falsche Zeit. Es war auch der falsche Ort.

Stéphane wusste nicht mehr, wann er von seinem Vater das erste Mal geschlagen worden war. Es gehörte zu seiner Kindheit wie die Milch am Morgen und der Kuss der Mutter vor dem Zubettgehen. Er und sein älterer Bruder Eric nahmen es einfach hin, sie ertrugen die Schmerzen und sprachen lange kein Wort darüber.

Dann fing der Vater an zu trinken.

Monsieur Moreau verdrosch die Kinder nicht mehr mit dem Gürtel oder der flachen Hand, sondern mit der Faust. Seine Schläge wurden brutaler, unberechenbarer, immer öfter blieben davon nicht nur blaue Flecken zurück, sondern eine blutige Nase oder eine aufgeplatzte Lippe. Stéphane weinte nie, worauf er durchaus stolz war. Anfangs war er nach den Schlägen noch zu seiner Mutter gerannt und hatte sich von ihr trösten lassen, doch mit der Zeit hatte er sich dafür geschämt und das Ganze mit sich allein ausgemacht.

Irgendwann hatte es Monsieur Moreau nur noch auf seinen jüngeren Sohn abgesehen. Eric dagegen war bereits mit sechzehn größer als sein Vater. Einer der besten Fußballspieler der Gegend, am Wochenende half er oft in der elterlichen Schreinerei aus und erwies sich auch dort als begabt. Vor allem aber war er beliebt bei den Mädchen. Wenn Eric sich eines ausgeguckt hatte, führte er es stets die kleine Anhöhe am Dorfrand hinauf. Dort auf dem Hügel stand – neben einer kräftigen, krummen Eiche – eine Bank, von der aus man aufs Dorf hinuntersehen konnte. Dort oben bei der Eiche küsste er all seine Mädchen, und trotz der Probleme zu Hause hatte er lange ein unbeschwertes Lächeln.

Stéphane dagegen war auch mit dreizehn noch ein schwächliches Kind, noch immer nicht im Stimmbruch, mit schmalen Schultern und ebenmäßigen, feinen Gesichtszügen. Er sammelte Magazin-Anzeigen, in denen Kameras beworben wurden, und konnte stundenlang Vögel beobachten oder die Wellen, die der nahe See im Wind warf. Nachts redete er oft mit seinem Bruder.

»Wir sind so verschieden«, sagte Stéphane einmal, als sie in ihren Betten lagen.

»Wir sind Brüder«, antwortete Eric. »Das reicht.«

Es entstand eine Pause. »Sag mal ehrlich …«, fing Stéphane wieder an. »Glaubst du, ich wäre ein guter Fotograf?«

Eric lachte. »Ein Fotograf?« Dann dachte er nach. »Doch, ich denke schon, dass du das könntest. Was kostet denn so eine Kamera?«

»Viel zu teuer. Außerdem wird Papa nie erlauben, dass ich fotografiere. Er hasst mich eh schon, weil ich in der Schreinerei nichts hinkriege.«

Sein Bruder wurde plötzlich ernst, was nur selten vorkam und nicht zu seinem fröhlichen Naturell passte. »Nein, er hasst dich nicht, er hasst nur sich selbst. Dieser versoffene, prügelnde Scheißkerl.« Er richtete sich im Bett auf. »Bald hau ich hier ab …«

»Nimmst du mich mit?«

Eric nickte in der Dunkelheit. »Natürlich.«

Wieder wurde es still.

»Er ist ein *Versager,* hörst du? Nichts als ein Versager. Wir sind nicht so wie er, wir werden es mal besser machen.« Erics Stimme klang mit einem Mal brüchig. »Ich werd dich vor ihm beschützen. Es tut mir leid, dass ich's noch nicht getan habe, ich kann's einfach noch nicht. Aber ich werde nicht zulassen, dass er alles kaputtmacht und dir dauernd diese Dinge antut. Eines Tages werde ich das alles hier beenden … Das glaubst du mir doch, oder?«

Stéphane wusste nicht, was er darauf antworten sollte. Er schloss die Augen und hörte das Flirren des durch die Luft sausenden Gürtels seines Vaters.

»Sicher«, sagte er nur.

»Du kannst nichts dafür«, sagte Eric, noch immer mit dieser seltsam rauen, ernsten Stimme. »Das musst du dir immer sagen.«

Stéphane versuchte seinen Bruder zu erkennen, doch die Dunkelheit des Zimmers war undurchdringlich. Seit dieser Nacht bewunderte er Eric noch mehr und beschloss, so zu werden wie er. Die Anzeigen mit den Kameras warf er weg, stattdessen meldete er sich im Fußballverein an und staunte darüber, wie man in etwas, das nicht das Eigene war, so gut werden konnte. Oft stellte er sich vor, wie er nach der Schule abhaute und mit Eric in einem Apartment in Montpellier lebte, und dieser Gedanke rettete ihn durch die Tage.

Doch in den folgenden Monaten veränderte sich auch sein Bruder. Er wurde verschlossener und ernster, als könne er nur so etwas ausrichten. Nur noch selten brachte Eric Mädchen zu seinem Baum, meist saß er nun allein dort oben auf dem Hügel und grübelte.

»Hey, Stéphane, du interessierst dich gar nicht mehr für Fotografie«, sagte er eines Tages.

Stéphane zuckte nur mit den Schultern. »Vielleicht fotografiere ich, wenn wir zusammen in Montpellier leben.«

»Ich weiß nicht, ob ich überhaupt noch weggehe«, sagte Eric nur. »Was hat das für einen Sinn? Ist sowieso immer das Gleiche.«

So hatte sein Bruder früher nie geredet, und Stéphane sagte daraufhin nichts mehr. Doch in der Nacht träumte er, wie Eric mit einer schwarzen Kreatur rang, sie erst auf den Boden warf und zu besiegen schien, ehe die Kreatur schattenhaft durch die Luft wirbelte und einfach durch seinen Mund in ihn eindrang. Die schwarze Kreatur fraß seinen Bruder von innen heraus auf, während Eric schrie und schrie und schrie. In diesem Moment wachte Stéphane auf, und es dauerte lange, bis er sich beruhigte.

Mit vierzehn küsste Stéphane zum ersten Mal ein Mädchen. Er kam deshalb zu spät zum Mittagessen, glücklich und verwirrt. Durch die Räume des Hauses zog der würzige Geruch des Cassoulet, den seine Mutter zubereitet hatte.

Als Stéphane das Esszimmer betrat, sah er, dass sein Vater schon betrunken war. Sein Blick hatte dieses Verschwommene, Diffuse, er saß bolzengerade auf seinem Stuhl. Inzwischen trank er auch tagsüber, die Arbeit in der Schreinerei machten nur noch die Lehrlinge oder Eric.

»Wo warst du?«, fragte Monsieur Moreau, als Stéphane sich an den Tisch gesetzt hatte.

»In der Schule. Ich habe noch mit einem Lehrer gesprochen und …«

»Komm mit.«

Ohne ein weiteres Wort zu verlieren, stand Monsieur Moreau auf und ging zur Tür. Stéphane spürte, wie sich dieses wohlbekannte Gefühl in ihm ausbreitete, die Angst vor dem, was nun bevorstand. Er blickte zu seiner Mutter, die er liebte und die ihm nie geholfen oder ihn verteidigt hatte, nicht ein einziges Mal. Sie sah weg. Stéphane schaute zu Eric, der mit finsterer Miene zurücksah.

Erst schien sein Bruder etwas unternehmen zu wollen, aber dann blieb er doch sitzen und rührte sich nicht.

Stéphane stand vom Esstisch auf und folgte seinem Vater. Dieser führte ihn in den Flur und schlug dort auf ihn ein. Mitten ins Gesicht, stumm und brutal, und wie immer ließ Stéphane es über sich ergehen, ohne sich zu wehren.

»Wasch dir das Gesicht«, sagte sein Vater schwer atmend, als er fertig war.

Im Bad beobachtete Stéphane, wie das Blut von seiner Nase auf die sauberen Kacheln des Bodens tropfte. Das Wasser aus dem Hahn war eiskalt. Sein Ebenbild im Spiegel sah er nicht an.

Als er wieder an den Tisch zurückkam, hatten die anderen bereits fertiggegessen. Stéphane starrte auf die Keramikschüssel mit dem Eintopf. Er dachte daran, wie er gerade noch ein Mädchen geküsst hatte und was sie von ihm denken würde, wenn sie ihn morgen mit seinen geschwollenen Lippen und dem blutunterlaufenen Auge sah. In diesem Moment begann er zu weinen.

Erst taten alle, als hörten sie es nicht, doch das Wimmern wurde lauter, es breitete sich in jeder Ritze des Dielenbodens aus und wurde immer beklemmender.

»Hör auf«, sagte Monsieur Moreau schließlich, aber sein Sohn hörte nicht auf.

Stéphane fing nun an, laut zu schluchzen, und hielt sich die Hände vors Gesicht, während er spürte, wie seine Mutter unter dem Tisch sein Knie tätschelte.

Sein Vater stand auf und wollte gehen.

»Du bleibst!«, sagte Eric mit ruhiger Stimme zu seinem Vater.

Für einige Momente herrschte absolute Stille, selbst Stéphane blickte auf. So still musste es im Weltall sein.

Monsieur Moreau stand unschlüssig am Tisch und war sich nicht sicher, ob er richtig gehört hatte. »Was hast du da gesagt, mein Junge?«

Sein ältester Sohn sah ihm in die Augen. Ruhig, entschlossen und mit einer Härte im Blick, die für jemanden in seinem Alter ungewöhnlich war. Es vergingen einige endlos wirkende Sekunden, dann sah Monsieur Moreau weg. Langsam und ohne darüber nachzudenken setzte er sich wieder hin.

»Du wirst ihn nicht noch mal schlagen«, fuhr Eric fort.

»So, werde ich nicht?«

»Nein, wirst du nicht.« Erics Stimme fing an zu zittern. »Denn wenn du Stéphane noch einmal anrührst, dann werde ich *dich* schlagen, hörst du? Und zwar richtig. So, wie dich noch niemand geschlagen hat.«

Monsieur Moreau saß stumm auf seinem Platz. Er versuchte, seinem Sohn fest in die Augen zu schauen (»Du wagst es, so mit mir zu reden?«), doch es gelang ihm nicht. Wie aus einer undichten Naht leckte plötzlich seine eigene Angst hervor. Er fühlte sich unendlich müde und durstig und dachte daran, wie er selbst als Kind gewesen war. An seine Eltern, die ihn geliebt hatten, und wie sehr er sie zurückgeliebt hatte. Und ihm kam in den Sinn, dass ihm Eric sowohl äußerlich als auch vom Charakter her nicht unähnlich war. Stark und hart war er geworden, sein Sohn. Dieser Gedanke reichte aus, um ihn zu besänftigen.

»Hast du mich verstanden?«, fragte Eric.

Sein Vater blickte auf, fast verwundert, dass er angesprochen wurde. »Hm?«, fragte er leise.

Dann nickte er.

Hunderttausend
(2014)

Manche Menschen sterben, ohne zu begreifen, dass sie sterben müssen. Sein Vater zum Beispiel hatte sein Leben lang alles verdrängt, die Katastrophe vor dreißig Jahren genauso wie sein fortschreitendes Alter und den Tod. Wenn es irgendwann so weit wäre, würde er ohne jede Angst aus der Tür gehen und vielleicht noch einen Scherz machen. Daniel dagegen war in diesem Punkt immer anders gewesen. Und im Grunde war das schon das ganze Problem.

Er stand vor der Garage, sie wollten gleich losfahren. Sein Vater wohnte in einem hochgelegenen Dorf bei Zürich. Hier oben gab es kaum Nachbarn, nur ein paar Bauernhöfe. Das moderne Haus am Hang hatte sein Vater selbst entworfen, was gut zu ihm passte: Er hatte immer gern in seiner Phantasie gelebt.

Die morgendliche Sonne ergoss sich über das Tal, Daniel blickte in die Ferne. Wie bei all seinen Besuchen in der Schweiz fühlte er sich schwerfällig, wie unter Wasser. Die Vergangenheit zerrte an ihm, aber auch diesmal gab es keine Aussprache. Gestern war die Geburtstagsparty seines Vaters gewesen, heute war der Abend schon verplant, und morgen würde er nach England zurückfliegen. Wenn es noch eine letzte Chance gab, dann jetzt auf der Fahrt.

Daniel beugte sich über die Haube des Oldtimers. Im polierten Lack tauchte ein verhuschter Mann Ende dreißig mit großen, melancholischen Augen auf. Eine Weile starrte er auf das metallene Ebenbild, dann hörte er Schritte und richtete sich auf.

Sylvie, die zweite Frau seines Vaters, kam zum Wagen und legte einen Korb mit Sandwichs und Obst auf die Rückbank. »Proviant für euch.« Sie bemerkte seinen Blick. »Bist du okay?«, fragte sie und strich ihm sanft über den Arm. »Das wird alles wieder.«

Daniel nickte. Vor kurzem hatte sich seine Freundin von ihm getrennt. Er war noch immer angeschlagen, und er wusste, dass Sylvie ihn verstand. Das hatte sie immer.

»Jetzt schaut euch das nur an!«

Sein Vater trat aus dem Haus. Er deutete mit einer Begeisterung auf das sonnendurchflutete Tal, als habe er diesen Anblick soeben fertiggemalt. Die gestrige Nacht war nicht spurlos an ihm vorübergegangen, er wirkte müde, doch ansonsten war er gut in Schuss: dichtes graues Haar, die Haut gegerbt, aber glatt, dazu randlose Brille und ein Sakko über dem blütenweißen Hemd.

Daniel dachte an die Geburtstagsparty mit unzähligen Gästen, eingeflogenem Koch und Swing-Band. Im Mittelpunkt sein Vater, der achtzig geworden war. Wie immer hatte er gutgelaunt Freunde und Arbeitskollegen unterhalten, aber genau dieser joviale Plauderton war es auch, hinter dem er sich versteckte. Sein Vater konnte eloquent über Kunst, Politik oder auch simplen Tratsch reden und gab dabei jedem Zuhörer das Gefühl, sich nur an ihn zu wenden. In Wahrheit aber war es der immer gleiche belanglose Gesprächsteppich, den er für Arbeitskollegen ebenso ausrollte wie für seinen Sohn.

Sie setzten sich in den Oldtimer, einen dunkelgrünen 1961er Austin Healey. Das Armaturenbrett glänzte in der Sonne, die beigen Ledersitze waren angenehm weich. Der Vater sah ihn an. »Bereit für den großen Augenblick?«

Daniel nickte und musste ein Seufzen unterdrücken. Der *große Augenblick*, das war diese bescheuerte Zahl, die ihn schon seit der Kindheit verfolgte.

Angefangen hatte es auf ihrer ersten Fahrt mit

dem Austin Healey. »Jetzt hat er fast vierzigtausend Kilometer, Dani«, hatte sein Vater gesagt. »Stell dir den Tag vor, wenn er 100 000 km hat. Was meinst du, wie alt wir dann sind?«

»Hundert«, hatte Daniel freiheraus geantwortet. Damals war er neun gewesen.

»Na, dann sollten wir ihn öfter fahren, damit wir es noch erleben.«

Seitdem war es dauernd um die Zahl mit den fünf Nullen gegangen, als wäre sie das einzige Ziel im Leben. Anfangs hatte Daniel noch kleinste Veränderungen am Tachostand mitverfolgen können, aber im Laufe der Jahre waren die Sprünge zwischen den Zahlen immer größer geworden – und seine Besuche immer seltener.

Dabei war es gar nicht das ewige Gerede um den Tachostand, das ihn so störte. Es war das, worüber sie *nicht* sprachen. Sein Vater hatte es einfach nie gekonnt. Er war damals nach der Beerdigung ein paar Wochen apathisch herumgesessen, dann hatte ihm ein Kollege von dem ramponierten, fast verrosteten Austin Healey erzählt. Obwohl er kaum etwas von Autos verstanden hatte, hatte sein Vater ihn gekauft und mit Hilfe eines Mechanikers in mühevoller Arbeit restauriert. Das alles war mittlerweile Jahrzehnte her, und längst war der britische Oldtimer zu einer Art Familienmitglied geworden.

Sein Vater drehte den Schlüssel um: ein tiefes Brummen. »Herrlich«, murmelte er, dann deutete er auf den Tachostand: *99 912 Kilometer*. Aus irgendeinem Grund schien er wirklich zu glauben, dass Daniel das interessierte.

Die Herbstsonne warf ihr bernsteinfarbenes Licht auf die Felder, es gab nur wenig Verkehr. Sein Vater packte sein heutiges Set an Gesprächsthemen aus, das er so ähnlich bestimmt auch später den Gästen präsentieren würde: eine Kusama-Ausstellung im Kunsthaus, die er sehen wollte, der delikate Skandal um einen Stadtrat, den ihm gestern jemand auf der Party gesteckt hatte, und ein faszinierendes Buch über die englische Monarchie, das er gerade las. Er konnte so vertraulich über Cromwell reden, als käme der tote Politiker nachher ebenfalls zum Kaffee. Daniel betrachtete immer wieder den achtzigjährigen Mann am Steuer, dessen kindliche Neugier er insgeheim bewunderte.

Er selbst hatte ihm zum Geburtstag zwei Karten für ein Theaterstück in London geschenkt. Eine nette, aber sinnlose Geste. Daniel lebte nun schon seit Jahren in England, Sylvie war bereits mehrmals mit ihrer Tochter rübergeflogen, sein Vater hatte ihn kein einziges Mal besucht.

Der Vater erzählte noch immer vergnügt. Sie

fuhren gerade auf einer abschüssigen Straße ins Tal, als Daniel es nicht mehr aushielt.

»Weißt du, was ich mich auf der Party gefragt habe?«, unterbrach er einfach. »Wie die Mama wohl mit achtzig gewesen wäre.«

Sein Vater, eben noch gutgelaunt, schaute irritiert zu ihm herüber. Er öffnete den Mund wie ein Karpfen, schloss ihn dann wieder … und schwieg.

Daniel wartete noch einige Sekunden, aber er erhielt keine Antwort, als hätte er die Frage niemals gestellt.

»Hast du dich das nie gefragt?«, hakte er nach. »Wie die Mama jetzt wohl wäre?«

»Sicher«, sagte sein Vater schließlich und starrte auf die Straße. Sein üblicher Plauderton war verschwunden, er wirkte unsicher und in die Enge getrieben.

Daniel bekam gegen seinen Willen Mitleid mit dem alten Mann und wusste nicht, was er sagen sollte. Das alles war Neuland. Natürlich hatte sein Vater ab und zu über seine frühverstorbene erste Frau gesprochen, meist in liebevollen Anekdoten, aber sie hatten nie wirklich darüber geredet.

Jetzt dranbleiben, dachte Daniel. Jetzt war vielleicht die letzte Gelegenheit.

Aber er schwieg.

Erleichtert schaltete sein Vater nun wieder vom

Leerlauf in den üblichen Redetrott und erzählte von einer Reise in die Bretagne, die er mit Sylvie schon lange plante, von seinen Überlegungen, sich als Architekt zurückzuziehen, und dass sie nachher in einem Café Backgammon spielen könnten, das Brett habe er mitgenommen. Die Frage von vorhin schien er vergessen zu haben.

Der Tacho stand inzwischen bei *99 957 km,* Daniel gab auf.

In diesem Moment wurde der Wagen langsamer. »Die Nacht war kurz.« Sein Vater gähnte. »Macht's dir was aus, wenn wir die Plätze tauschen? Dann kann ich für eine Weile die Augen zumachen und bin wieder frisch, wenn der Besuch kommt.«

Daniel starrte ihn verblüfft an. Sein Vater hatte ihn in all den Jahren nur selten ans Steuer des Austin Healey gelassen. Dass er seinem Sohn nun die entscheidende Fahrt mit den fünf Nullen überließ, passte nicht zu ihm.

»Bist du sicher?«

Doch da hielt der Vater schon am Straßenrand und stieg aus, den Schlüssel ließ er stecken. »Weck mich, wenn der Kilometerstand bei 99 998 ist, damit wir es uns gemeinsam anschauen können.« Er wirkte plötzlich aufgeregt. »Auf diesen Moment haben wir dreißig Jahre gewartet.«

Sie tauschten die Plätze. Zögerlich setzte Daniel

sich ans Steuer, aber vermutlich lag keine tiefere Bedeutung in all dem, und der Vater war einfach nur müde. Er startete den Motor, ein sattes Aufheulen. Zugegeben, den Austin Healey zu fahren, hatte ihm immer Spaß gemacht. In seiner Kindheit hatten ihn Autos mal sehr fasziniert, und auch jetzt war es ein gutes Gefühl, mit dem Oldtimer die Serpentinen entlangzufahren. Er blickte zur Seite: Sein Vater hatte den Gurt gelöst und war bereits eingenickt. Nun würden sie gar keine Zeit mehr zum Reden haben.

99 967 km.

Er starrte auf den Tacho. Wieso war der Moment, wenn aus fünf Neunen fünf Nullen wurden, so wichtig für seinen Vater? Sein ganzes Leben lang hatte er größte Dramen oder berufliche Triumphe schnell verdrängt, nur an den Kilometerstand des Wagens hatte er sich immer geklammert. Warum?

Daniel wechselte in den vierten Gang und betrachtete den Zürichsee im Tal. Auf einmal wieder das Bild, wie er als Kind in das Haus in Zumikon gekommen war. Die unerwartete Stille. Wie er einem Instinkt folgend ins Schlafzimmer gegangen war und seine Mutter auf dem Boden liegen sah, in ihrem Erbrochenen. Die Dose mit den Pillen auf dem Nachttisch. Das Blaulicht draußen, das so brutal den Raum ausleuchtete. Die Frau vom Rettungsdienst, die ihn in die Arme nahm. Der Vater, der zum ersten Mal vor ihm geweint hatte und ihn ebenfalls umarmte.

Gesprochen hatten sie fast nie darüber. Fest stand: Seine Mutter hatte Depressionen gehabt, aber sie war auch unglücklich gewesen. An der Seite eines Mannes, der Karriere gemacht und ständig gearbeitet hatte, Projekte in Brasilien und Japan realisierte und so gut wie nie da gewesen war. Sie selbst war zu Hause geblieben, hatte auf das Kind aufgepasst und sich eingeengt gefühlt. Aber war das ein Grund, sich das Leben zu nehmen? Und konnte man sich das Leben nehmen und sein Kind trotzdem geliebt haben?

99 981 km.

In den Monaten nach der Beerdigung waren sie aufs Land gezogen, kurz darauf hatte sein Vater den alten Austin Healey gekauft. Anfangs hatte Daniel ihm noch beim Restaurieren geholfen, aber später hatte er vor allem geschnitzt. Jeden Tag war er nach der Schule bis zum Abend im Schuppen hinter dem Haus gesessen und hatte mit dem Messer eine kleine Holzfigur nach der anderen geschnitzt. Sie sollte genauso aussehen wie seine Mutter. Ein paar Mal war er nah dran gewesen, aber immer hatte ihn etwas gestört. Erst nach einem knappen Jahr hatte er die perfekte Holzfigur gehabt. Sie sah nicht nur aus wie seine Mutter, sie *fühlte* sich auch so an. Er hatte geweint, als er damit fertig war.

Mit der Holzfigur war er zu seinem Vater ins Büro gerannt und hatte sie ihm geschenkt. Sein Vater, der beim Arbeiten immer eine reptilartige Ruhe ausstrahlte, hatte kurz vom Zeichentisch aufgesehen, aber nicht begriffen, wie wertvoll dieses Geschenk war. Er hatte sich gefreut, aber die Holzfigur danach nie mehr erwähnt. Kurz darauf hatte Daniel mit dem Schnitzen aufgehört.

Noch eine Kurve, Daniel bog ab in den Wald. Es wurde schlagartig dunkel, doch die Sonne blinkte immer wieder zwischen den Ästen der Bäume hervor.

In der ersten Zeit nach dem Tod der Mutter waren sie noch gut miteinander ausgekommen, dann hatte der Vater angefangen, Frauen zu treffen: fremde Wesen, die auf einmal am Frühstückstisch saßen. Er hatte auch wieder Projekte in anderen Ländern realisiert. War er dann zu Hause, war er meistens in der Garage gewesen oder mit dem Austin Healey seine endlosen Touren gefahren, als könnte er nur hinter dem Steuer angemessen trauern. Es hatte zwischen ihnen auch intensive und lange Unterhaltungen gegeben, das schon. Nur eben nie die eine entscheidende.

99 993 km.

Daniel war ein guter Schüler gewesen, er hatte nach dem Abitur Betriebswirtschaft studiert, später bei der Privatbank Julius Bär gearbeitet. Er war gereist, hatte ein paar Affären gehabt, sich jedoch nie ganz auf eine Frau einlassen können. In Wahrheit hatte er seine Beziehungen genauso kunstvoll simuliert wie sein Vater ein richtiges Gespräch. Manchmal hatte er von seiner Wohnung aus auf den nächtlichen Zürichsee geblickt und sich vorgestellt, sich im schwarzen Wasser zu ertränken. Als er begriffen hatte, dass er diese Vorstellung ernst meinte, hatte er von einem auf den anderen Tag gekündigt und war nach London geflohen.

Nach einigen Wochen war er bei einer englischen Bank untergekommen und hatte Judith getroffen, eine Deutsche. Sie waren beide neu und etwas verloren in London gewesen und hatten sich aneinandergeklammert. Er hatte sich verliebt, glaubte er. Sie waren drei Jahre zusammen gewesen. Aber so, wie ihm sein Vater die gewünschte Aussprache verweigerte, hatte er Judith den Blick auf sein Innerstes versperrt. Anfangs hatte es keine große Rolle gespielt, doch bald hing das Unausgesprochene wie ein Bleigewicht an ihrer Beziehung.

Fragte Judith ihn nach seiner Mutter, antwortete er nur einsilbig, er war ja selbst ein Unwissender.

Hätte sie ihn *wirklich* verstanden, hätten sie es gemeinsam geschafft. Aber so kam die Trennung nicht überraschend, sie hatten am Ende nur noch gestritten. Und nun war er neununddreißig Jahre alt und kaum schlauer als mit fünfzehn oder mit siebenundzwanzig. Wenn er ehrlich war, hätte er selbst eine Sylvie gebraucht. Oder eine richtig gute Therapie. Es hätte einfach nur von Anfang an alles anders …

Daniel starrte eher beiläufig auf den Tacho und erschrak.

100 001 km.

Es fühlte sich an, als wäre sein Herz stehengeblieben. *Bitte nicht!*

Er blickte panisch rüber zum Vater, der inzwischen fest schlief und leise schnarchte; den Kopf gegen das Fenster gelehnt, der Mund leicht offen. Die letzte Ziffer rutschte nach unten:

100 002 km.

»Scheiße«, flüsterte Daniel. »Scheiße, Scheiße, Scheiße.«

Er hielt sofort an, die Gedanken rasten. Hatte er nicht mal irgendwo gesehen, dass man, wenn man rückwärtsfuhr, den Tacho wieder zurückdrehen konnte? Ja, so machte es der Junge in diesem Film, *Ferris* irgendwas, mit einem Ferrari. Daniel blickte sich um: Die Straße hinter ihnen war frei. Er legte den Rückwärtsgang ein und fuhr los. Die ersten Meter ging alles gut, die Strecke war schnurgerade. Dann aber kamen mehrere Kurven, und plötzlich machte sein Vater im Schlaf ein lautes Schnappgeräusch. Doch es war falscher Alarm. Er döste noch immer tief und fest.

100 002 km.

Wieso tat sich da nichts? Vielleicht fuhr er zu langsam. Daniel beschloss, bei der nächsten Geraden das Gaspedal richtig durchzudrücken. Er nahm die Kurve, noch mal ganz langsam und vorsichtig, und …

Es knallte. Daniel wurde in den Sitz gedrückt, der Kopf des Vaters stieß gegen die Scheibe.

»Was … Was machst du?«

Sein Vater fasste sich verwirrt an die Schläfe, an seinen Fingerspitzen Blut. Erst jetzt begriff Daniel, dass er in der Kurve mit einem entgegenkommenden Traktor zusammengestoßen war. Der Bauer, der den Traktor gefahren hatte, schien unversehrt und sprang nach einigen Sekunden des Schocks wütend auf die Straße.

»Ja, haben sie dir denn ins Hirn geschissen?«, brüllte er Daniel an.

Dann entdeckte er auf dem Beifahrersitz den Vater, den er zu kennen schien. Daniel atmete erleichtert durch; sein Vater hatte sich stets gut mit den

Nachbarn verstanden, und reden konnte er sowieso. Bald hatte er den Bauern so weit, dass er nicht mehr die Polizei rufen, sondern die Sache auf dem »kurzen Dienstweg« regeln wollte. Mit anderen Worten: fünfhundert Franken. Denn während der Austin Healey einiges abbekommen hatte, hatte der Traktor nur eine Delle.

Als sie den Bauern endlich losgeworden waren und wieder im Wagen saßen, seufzte der Vater. »Das wird Ewigkeiten dauern, die Schäden am Heck wieder auszubügeln. Du musst mir wirklich erklären, wieso du …«

Dann sah er den Tachostand.

Sie saßen im Wagen und stritten. Sein Vater wollte einfach nicht verstehen, wie man an so einer simplen Aufgabe – auf fünf Zahlen zu achten – scheitern konnte. Wusste Daniel denn nicht, wie wichtig ihm das immer gewesen war?

Daniel antwortete mit gestammelten Entschuldigungen, aber irgendwann wurde er zornig. Auf die Mutter, mit der der ganze Mist angefangen hatte. Auf den Vater, der die bescheuerte Obsession mit den fünf Nullen entwickelte. Auf das Leben, das ihn in dieses absurde Theaterstück mitsamt fluchendem Bauern verfrachtet hatte.

»Weißt du was?« Er öffnete das Handschuhfach,

in dem wie immer alte Karten und eine Pfeife lagen, obwohl der Vater angeblich nicht mehr rauchte. Er knallte das Fach zu. »Es tut mir überhaupt nicht leid!«, sagte er. »Wahrscheinlich wollte ich es sogar so … Ich hab nie mit dir reden können, und du hast deine dämlichen fünf Nullen verpasst. Wir sind quitt.«

Sein Vater blickte ihn erstaunt an. »Was soll das heißen, du hast nie mit mir reden können? Wir hatten doch viele Gespräche, wir haben …«

»Ach, verdammt, du weißt genau, was ich meine. Wir haben nie richtig über die Mama geredet, nicht einmal. Wieso sie es getan hat. Ob sie uns geliebt hat. Warum sie uns nicht mal einen Brief hinterlassen hat. Du hast all das in dich reingefressen und verdrängt, warst nur auf deinen Kongressen und Symposien und hast irgendwelchen Leuten in Sydney und Singapur ihre Häuser gebaut, aber du warst nie da. Als wäre dir ihr Tod egal. Hast du eigentlich eine Vorstellung davon, wie beschissen allein ich war inmitten deiner Besucher und Partys und Projekte?«

Seine Sicht verschwamm. »Und wenn wir mal geredet haben, warst du trotzdem nie wirklich da. Stattdessen hast du dich nur für deinen Wagen interessiert und diesen Blödsinn mit den fünf Nullen.« Daniel funkelte ihn an. »Ich würde gern mal wissen, wie du darauf gekommen bist. Welcher idiotische Geistesblitz dafür gesorgt hat, dass du dir damals diesen Mist ausgedacht hast.«

Er blickte zum Vater, der von diesen Vorwürfen sichtbar aufgewühlt wirkte. Mit den Fingern betastete er die Beule an seiner Schläfe. Er schien nachzudenken, und dann sagte er: »Dani, das mit den fünf Nullen war doch *deine* Idee.«

Lange sprach niemand. Daniel ging im Kopf hektisch alte Erinnerungen durch. Und auf einmal begriff er, dass es stimmte. Nicht, weil er es noch wusste. Sondern weil er es *fühlte*.

»Als das alles damals passierte, da kannte ich dich doch kaum.« Sein Vater betupfte wieder die Beule. »Du hast völlig recht. Ich war viel zu oft unterwegs und nicht für dich da. Ich bereue es. Und es ist auch ein Fehler, dir das nie so gesagt zu haben, denn wir haben uns dadurch entzweit, das muss man wohl so sehen. Es tut mir leid …«, sagte er leise.

Daniel nickte unwillkürlich. Er fuhr mit den Fingern über den Fensterheber.

»Als deine Mutter sich das Leben nahm, da warst du neun«, sagte sein Vater. »Vielleicht mir gegenüber auch ein bisschen verschlossen, denn für dich war ich ein Fremder, du warst ja immer bei der

Mama. Ich wusste von dir eigentlich nur eines: dass du dich für Autos interessierst. Etwas, was mir damals völlig fremd war. Trotzdem habe ich den alten, kaputten Austin Healey gekauft. Ich dachte, wenn wir ihn gemeinsam restaurieren, kommen wir uns vielleicht näher.«

Sein Vater atmete schwer, auf einmal wirkte er so alt, wie er war. Er legte seinem Sohn die Hand auf die Wange.

Daniel senkte den Kopf. Zu seiner Überraschung kamen ihm die Tränen. *Nicht jetzt,* dachte er ärgerlich, doch es kamen immer mehr. Er presste die Lippen zusammen.

»Und ich weiß es noch wie gestern«, hörte er seinen Vater weiterreden. »Auf unserer ersten Fahrt haben wir über den Tachostand gesprochen, der fast vierzigtausend hatte. Fast einmal um die Welt. Das hat dich ziemlich beschäftigt mit deinen neun Jahren. Und dann haben wir darüber geredet, wie es wohl wäre, wenn der Wagen hunderttausend Kilometer hat, und wie alt wir dann wären. Hundert, hast du gesagt. Und dann hast du noch was gesagt, was nur ein Kind von sich geben kann: *Gell, Papa, wenn der Wagen 100 000 km auf dem Tacho hat, dann sind wir nicht mehr traurig wegen der Mama …* Ich dachte, du weißt es noch. Ich dachte, so etwas *kann* man doch nicht vergessen.«

Sein Vater schaute ihn von der Seite an, doch Daniel sagte nichts.

Als sie zurück waren und Sylvie den beschädigten Wagen sah, erzählten sie nicht, was wirklich passiert war. Stattdessen machten sie aus dem Unfall eine lustige Anekdote und plauderten mit den bald eintreffenden Gästen, als wäre nichts geschehen. Und als Daniel am nächsten Morgen wieder zurückflog, umarmten er und sein Vater sich zum Abschied fest und lange.

In den folgenden Wochen hatte er die Hoffnung, der Vater würde ihn in London besuchen. Daniel stellte sich vor, wie sie dort an ihr letztes Gespräch anknüpfen und sich endlich richtig aussprechen würden. Sein Vater nahm sich den Trip nach London auch immer wieder vor.

Doch er kam nie.

Im neuen Jahr verliebte sich Daniel. Eine Engländerin aus Bristol. Sie hieß Norah und hatte wie er eine schwere Zeit hinter sich. Ihr letzter Freund, ein Deutschfranzose, hatte sie für eine alte Schulliebe verlassen – ohne jede Ankündigung und von einem Moment auf den anderen. Daniel spürte, dass es mit dieser Norah ernst werden und er ihr Dinge sagen konnte, die er bisher für sich behalten hatte. Seine Wunden waren ihr vertraut.

Manchmal schrieb er seinem Vater, der entgegen seiner Ankündigung nach wie vor als Architekt arbeitete. Die Mails waren heiter, aber belanglos. Daniel war erst traurig, dass sich nichts änderte, doch er kannte das Leben inzwischen zu lange, um davon noch überrascht zu sein. Und schließlich dachte er kaum noch daran.

Als er eines frühen Morgens Sylvies Anruf bekam, ahnte er sofort, was passiert war. Die Beerdigung fand in Zürich statt. Daniel reiste mit seiner Freundin an. Die Trauerfeier war schlicht. Die Musik hatte sein Vater selbst ausgewählt, es kamen viele Leute, sie tauschten Anekdoten aus, aber kein Gespräch ging in die Tiefe. Es wirkte eher, als wäre der Vater spazieren gegangen und würde jeden Moment zur Tür hereinkommen. Nur Sylvie weinte ununterbrochen, und ihre kurze und sehr persönliche Rede war ein Schnitt in die Oberfläche.

Daniel hielt keine Rede.

Bei der Testamentseröffnung erfuhr er, dass Sylvie und er jeweils fünfzig Prozent erben würden, auch das Haus und alle weiteren Vermögenswerte sollten auf diese Weise aufgeteilt werden.

»Das Testament ist schon einige Jahre alt«, sagte der Notar zu Daniel. »Einzig der letzte Punkt ist neu, Ihr Vater ließ ihn vor wenigen Wochen ändern.« Er las vor: *»Des Weiteren vermache ich meinem Sohn etwas, was mich mein ganzes Leben lang begleitet hat und was ich ihm nun zurückgeben möchte. Ich tue dies voller Dank und mit der tiefempfundenen Reue und Liebe eines Menschen, der nicht immer so konnte, wie er wollte.«*

Der Notar griff in die Schublade und holte ein weißes Stoffsäckchen hervor. Daniel nahm es an sich, machte es aber nicht auf und steckte es in seine Tasche, ohne ein Wort darüber zu verlieren.

Erst als er zurück in London war und Norah eine Freundin traf, holte er es wieder hervor. Er hatte gewusst, was es war, aber er hatte damit allein sein wollen. Überrascht stellte er fest, dass seine Hände zitterten.

Als seine Freundin später wiederkam, fand sie ihn aufgelöst auf dem Bett sitzen, und ohne zu zögern, umarmte sie ihn. Ihre Finger strichen über seinen Nacken.

»Was hat er dir geschenkt?«, fragte sie.

Daniel zog die Holzfigur aus dem Säckchen und stellte sie auf den Nachttisch.

»Vergebung«, sagte er.

Danksagung

Mein erster Dank gilt euch, liebe Ricke und lieber Wolfgang, für alles, was ihr für mich getan habt! Erwähnt seien auch meine Lektorin Ursula Baumhauer, mein Agent Thomas Hölzl und meine Schwester, sowie Roger Eberhard, Anna Galizia, Georg Grimm, Marie Gronwald, Muriel Siegwart, Daniel Wichmann und alle anderen, die mich in den zehn Jahren, in denen diese Geschichten entstanden, unterstützten. Einen unfassbar guten Rat für dieses Buch gab mir zudem meine Cousine Helene, der ich hierfür ein kleines Podest bauen möchte.

Ich war dreizehn und hatte noch nie einen *Star-Wars*-Film gesehen, als mich Freunde in eine Wiederaufführung von *Das Imperium schlägt zurück* schleppten. Zunächst war ich skeptisch, dann gepackt und spätestens bei der Zeile: »Nein … ich *bin* dein Vater!« verzaubert wie nie zuvor im Kino. Tiefer Dank an George Lucas (und Steven Spielberg!) für viele unvergessliche Filmmomente, mei ne Geschichte ist nichts anderes als eine Verbeugung. Apropos: Zwar bin ich von Haus aus mit einem bedenklich großen Wissen zu diesem Thema ausgestattet, doch das wunderbare Sachbuch *Wie Star Wars das Universum eroberte* von Chris Taylor gewährte mir noch mal völlig neue Einblicke und sorgte dafür, dass viele Hintergrundfakten in *Das Franchise* stimmen.

Mein Vater erzählte mir vor Jahren die Anekdote eines sagenumwobenen Tachostands, die mich zur Geschichte *Hunderttausend* inspirierte, und er ist auch immer der Erste, der sich an etwas Absurdem wie der *Star-Wars*-Story erfreut. Die Idee dazu kam mir wiederum, als ich mit meiner Mutter zum Essen verabredet war. Damals bin ich einfach mitten in der Unterhaltung aufgesprungen, an den Laptop gerannt und ward die nächsten Stunden nicht mehr gesehen. Ich danke ihr für ihre Nachsicht – und für die schönen Essen und Gespräche.

Zu guter Letzt: *Das Grundschulheim* entstand nur, weil mich Alexander Broicher bat, einen Text zum Thema Fremdsein für die Anthologie *Unbehauste* beizusteuern, deren Erlöse an die Flüchtlingshilfe gehen. Danken möchte ich der Erzieherin Birgit, der guten Fee im Grundschulheim Grunertshofen, sowie Maria Klose. Und meinen damaligen Mitschülern, die für mich alle unvergessen sind.

Benedict Wells

»Jede Art zu schreiben ist erlaubt –
nur die langweilige nicht.«

VOLTAIRE

Roman
368 Seiten
Auch erhältlich als eBook und Hörbuch-Download

Jules und seine beiden Geschwister wachsen behütet auf, bis ihre Eltern bei einem Unfall ums Leben kommen. Als Erwachsene glauben sie, diesen Schicksalsschlag überwunden zu haben. Doch dann holt sie die Vergangenheit wieder ein. Ein berührender Roman über das Überwinden von Verlust und Einsamkeit und über die Frage, was in einem Menschen unveränderlich ist. Und vor allem: eine große Liebesgeschichte.

Roman
352 Seiten
Auch erhältlich als eBook, Hörbuch und Hörbuch-Download

Missouri, 1985: Um vor den Problemen zu Hause zu fliehen, nimmt der fünfzehnjährige Sam einen Ferienjob in einem alten Kino an. Und einen magischen Sommer lang ist alles auf den Kopf gestellt. Er findet Freunde, verliebt sich und entdeckt die Geheimnisse seiner Heimatstadt. Zum ersten Mal ist er kein unscheinbarer Außenseiter mehr. Bis etwas passiert, das ihn zwingt, erwachsen zu werden. Eine Hommage an 80's Coming-of-Age-Filme wie ›The Breakfast Club‹ und ›Stand By Me‹ – die Geschichte eines Sommers, den man nie mehr vergisst.

416 Seiten
Auch erhältlich als eBook und Hörbuch-Download

Wie entsteht ein Roman? Wie werden Figuren lebensnah und lebendig? Und wie geht man mit Krisen um? Anhand eigener und bekannter anderer Werke erzählt Benedict Wells von der Magie und Faszination des Schreibens. ›Die Geschichten in uns‹ ist aber auch ein sehr persönlicher Streifzug von seiner Kindheit bis zu seinen ersten Veröffentlichungen. Ein lebenskluges, witziges und berührendes Buch – für alle, die Literatur lieben oder selbst schreiben wollen.